# CONDIÇÃO ARTIFICIAL

# CONDIÇÃO ARTIFICIAL

Diários de um Robô-assassino

MARTHA WELLS

TRADUÇÃO
Laura Pohl

Aleph

# Condição artificial

TÍTULO ORIGINAL:
Artificial Condition

COPIDESQUE:
Diana Passy

REVISÃO:
Ana Bittencourt
Emanoelle Veloso

PROJETO GRÁFICO:
Caíque Gomes

CAPA:
Pedro Fracchetta

ILUSTRAÇÃO:
Pedro Henrique Ferreira (Lambuja)

DADOS INTERNACIONAIS DE CATALOGAÇÃO NA PUBLICAÇÃO (CIP)
DE ACORDO COM ISBD

W453c Wells, Martha
Condição artificial / Martha Wells ; traduzido por Laura Pohl. - São Paulo : Aleph, 2025.
224 p. ; 14cm x 21cm. – (Diários de um Robô-assassino ; v.2)

Tradução de: Artificial Condition
ISBN: 978-85-7657-726-3

1. Literatura americana. 2. Ficção científica. 3. Ficção. 4. Tecnologia.
5. Humor. 6. Espaço. I. Pohl, Laura. II. Título. III. Série.

2025-986 CDD 813.0876
CDU 821.111(73)-3

ELABORADO POR VAGNER RODOLFO DA SILVA - CRB-8/9410

ÍNDICES PARA CATÁLOGO SISTEMÁTICO:
1. Literatura americana : Ficção científica 813.0876
2. Literatura americana : Ficção científica 821.111(73)-3

Rua Bento Freitas, 306 - Conj. 71 - São Paulo/SP
CEP 01220-000 • TEL 11 3743-3202
www.editoraaleph.com.br

@editoraaleph

@editora_aleph

# CONDIÇÃO ARTIFICIAL

1

UNISEGS NÃO SE IMPORTAM COM noticiários. Mesmo depois que hackeei meu módulo regulador e tive acesso a esses feeds, nunca prestei muita atenção neles. Em parte porque baixar conteúdo de entretenimento oferecia um risco menor de chamar atenção de qualquer sistema de segurança que pudesse estar instalado nas redes do satélite e da estação — já notícias sobre política e economia eram transmitidas através de uma faixa diferente, mais próxima da faixa de dados protegidos. Mas o motivo principal é que eu achava o noticiário chato e não me importava com o que os humanos estivessem fazendo uns com os outros desde que eu não precisasse: a) impedi-los ou, b) limpar a bagunça depois.

Porém, enquanto eu atravessava a área comercial do aro de trânsito, uma transmissão recente do noticiário da Estação estava no ar, em todos os feeds públicos. Dei uma olhada por cima, mas a maior parte da minha atenção estava em atravessar aquela multidão fingindo ser um humano modificado qualquer, e não um robô-assassino aterrorizante. Isso envolvia não entrar em pânico quando alguém fazia contato visual comigo por acidente.

Felizmente, os humanos e humanos modificados estavam ocupados demais tentando chegar aonde queriam ou procurando direções e cronogramas de transporte no feed. Três transportes de passageiros haviam chegado através de buracos de minhoca, além do transporte de carga conduzido por um robô no qual eu pegara carona, e a área comercial imensa que ficava entre as zonas de embarque ficou lotada. Além dos humanos, havia robôs de todos os tipos e tamanhos, drones zumbindo acima da multidão e mercadorias sendo transportadas nas passarelas superiores. Os drones de segurança não estariam vasculhando à procura de UniSegs a não ser que tivessem recebido instruções específicas, e nada tinha tentado se conectar a mim até agora, o que era um alívio.

Eu estava fora do inventário da empresa, mas ainda estava na Orla Corporativista, e ainda era uma mercadoria.

Estava me sentindo bem confiante na minha jornada até ali, considerando que aquele era apenas o segundo aro de trânsito que eu estava atravessando. Em nossos contratos, UniSegs eram enviadas como carga, e nunca passávamos pelos lugares destinados a humanos. Precisei deixar minha armadura no centro de distribuição da Estação, mas, naquele aglomerado de pessoas, eu me sentia anônimo, quase como se ainda a vestisse. (Sim, isso era algo que eu precisava repetir para mim mesmo várias vezes.) Eu estava usando roupas simples, preto e cinza. A camiseta e as mangas compridas da jaqueta, as calças e as botas cobriam todas as minhas partes inorgânicas, e eu carregava uma mochila. No meio da variedade de roupas, cabelos, tons de pele e interfaces da multidão, eu não chamava atenção. A entrada de dados na minha nuca estava à mostra, mas o design era muito próximo das interfaces que os humanos modificados implantavam para que chamassem atenção. Além do mais, ninguém cogita a possibilidade de um robô-assassino estar passeando pelo shopping como se fosse uma pessoa.

Contudo, ao passar os olhos pelo noticiário, uma imagem chama minha atenção. Eu mesmo.

Só não parei de andar porque tenho muita prática em não reagir fisicamente às situações, não importa o quanto me deixem chocado ou horrorizado. Mas posso ter perdido o controle de minhas expressões faciais por um segundo; estava acostumado a usar capacete e a mantê-lo opaco sempre que possível.

Passei por um portão que levava a vários balcões de alimentação diferentes e parei perto de uma passagem que levava a um pequeno distrito empresarial. Qualquer um que me visse ali presumiria que eu estava avaliando os sites das empresas presentes no feed, à procura de mais informações.

A imagem no noticiário era uma foto minha parado no lobby do hotel da estação, ao lado de Pin-Lee e Ratthi. O foco era em Pin-Lee, com uma expressão determinada, aquela ruga leve e irritada entre as sobrancelhas, usando um terno impecável. Ratthi e eu, usando os uniformes cinza de pesquisa da PreservaçãoAux, estávamos mais ao fundo. Eu estava listado como "guarda-costas" na descrição da imagem, o que era um alívio, mas ainda assim me preparei para o pior enquanto repassava a história.

Bem, a estação que eu sempre considerei como A Estação, onde ficam os escritórios da empresa e o centro de distribuição onde eu normalmente ficava guardado, na verdade se chamava Porto ComércioLivre. Eu não sabia disso. (Quando estava lá, passava a maior parte do tempo em um cubículo de reparos, em uma caixa de transporte ou em modo economia de energia até ter um novo contrato.) O narrador do noticiário mencionou por alto que a dra. Mensah comprara a UniSeg que a salvara. (Isso foi claramente um toque sentimental para aliviar o resto da história funesta com uma alta taxa de mortalidade.) No entanto, os jornalistas não estavam acostumados a ver UniSegs a não ser que estivessem de armadura, ou em uma pilha ensanguentada de sucata quando alguma coisa dava errado. Eles não tinham ligado a imagem de uma UniSeg comprada com o que presumiam ser uma pessoa humana modificada de aparência genérica que estava indo para o hotel acompanhando Pin-Lee e Ratthi. Isso era bom.

A parte mais esquisita era que algumas das nossas gravações de segurança haviam sido liberadas para a mídia. Eram imagens feitas do meu ponto de vista, enquanto eu vasculhava a habitação de DeltFall e encontrava os corpos. Também havia imagens das câmeras do capacete de Gurathin e Pin-Lee, quando encontraram Mensah e o que restara de mim depois da explosão. Verifiquei todas rapidamente, me certificando de que não havia nenhuma filmagem nítida que mostrasse meu rosto humano.

O restante da história era sobre como a empresa e DeltFall — além de Preservação e outras três entidades políticas não corporativas cujos cidadãos estavam envolvidos em DeltFall — estavam se unindo contra GrayCris. Também havia um embate entre múltiplos advogados, pois algumas das entidades aliadas na investigação estavam brigando por responsabilidade financeira, jurisdição e garantias de contratos. Eu não sabia como os humanos conseguiam entender tudo aquilo. Não havia muitos detalhes sobre o que, de fato, acontecera depois da sinalização para o transporte de resgate, mas era o bastante para que qualquer um que estivesse procurando a UniSeg mencionada presumisse que eu ainda estava acompanhando

Mensah e os outros. Mensah e os outros, é claro, sabiam que esse não era o caso.

Em seguida, verifiquei a data do noticiário e vi que era velho, publicado no ciclo seguinte depois que saí da estação. Devia ter chegado através do buraco de minhoca com um dos transportes mais rápidos de passageiros. Isso significava que talvez os canais de notícias oficiais tivessem informações mais atualizadas.

Certo. Eu disse a mim mesmo que de jeito nenhum alguém nesse aro de trânsito estaria procurando por uma UniSeg rebelde. De acordo com as informações disponíveis no feed público, nenhuma empresa seguradora ou relacionada a segurança mantinha centros de distribuição ali. Meus contratos sempre me levavam a instalações isoladas ou planetas de pesquisa inabitados, e essa me parecia ser a norma para nós. Até mesmo as séries nos canais de entretenimento nunca mostravam UniSegs contratadas para proteger escritórios, depósitos de carga ou garagens de naves, nem quaisquer outros negócios que eram comuns em aros de trânsito. E as UniSegs que apareciam na mídia estavam sempre de armadura, figuras sem rosto e aterrorizantes para os humanos.

Eu me juntei à multidão e comecei a percorrer o caminho da área comercial outra vez. Precisava tomar cuidado para não passar por nenhum lugar que escaneasse armamentos, ou seja, todas as instalações de compra de passagens, incluindo as dos trenzinhos que percorriam o aro. Consigo hackear um escâner de armamento, mas os protocolos de segurança sugeriam que, nas áreas para passageiros, haveria muitos deles por conta das multidões, e eu só conseguia lidar com um número limitado de aparelhos ao mesmo tempo. Além do mais, eu precisaria hackear o sistema de pagamentos também, e isso parecia um trabalhão muito maior do que eu queria naquele momento. A caminhada até a parte do aro de onde partiam os transportes dirigidos por robôs era longa, mas isso me deu tempo de entrar no feed de entretenimento e baixar novas mídias.

A caminho desse aro de trânsito, sozinho no meu transporte de carga vazio, tive a oportunidade de pensar sobre por que deixei Mensah para trás e o que eu queria. É, eu sei, isso também me surpreendeu. Só que até eu sabia que não poderia passar o resto da vida sozinho pegando caronas em transportes de carga e assistindo a séries, por mais que essa ideia me parecesse ótima.

Agora, eu tinha um plano. Ou eu teria um plano, assim que obtivesse a resposta a uma pergunta importante.

Para obter essa resposta, eu precisava ir a um lugar, e havia dois transportes dirigidos por robôs que estavam zarpando no próximo ciclo e que me levariam até lá. O primeiro era um transporte muito parecido com o que eu usara para vir para cá. Sairia mais tarde, era uma opção melhor, e eu teria mais tempo de chegar até lá e convencê-lo a me deixar subir a bordo. Eu conseguiria hackear um transporte, mas realmente preferia não ter que recorrer a isso. Passar um tempão com algo que não deseja sua presença, ou que foi hackeado para pensar que queria você a bordo, me parecia sinistro.

Os mapas e cronogramas estavam disponíveis no feed, conectados a todos os pontos principais de navegação pelo aro, então consegui chegar até a zona de carga, esperar por uma troca de turno e então atravessá-la até chegar na zona de embarque. Precisei hackear um sistema de verificação de identidade, alguns drones que escaneavam armamentos um andar acima e, além disso, um robô que protegia a entrada da área comercial tentou contato com meu sistema. Eu não machuquei o robô, só derrubei a barreira de seu feed e deletei de sua memória todos os registros de nosso encontro.

(Fui projetado para interagir com o SysSeg da empresa, para agir basicamente como uma interface dele. O sistema de defesa dessa estação não fazia parte da tecnologia patenteada da empresa, mas era bem parecido. Além do quê, ninguém é tão paranoico quanto a empresa com relação à proteção dos dados que ela coleta e/ou rouba, então eu estava acostumado a sistemas de segurança bem mais robustos do que esse.)

Assim que cheguei ao andar de acesso, precisei ser muito cuidadoso, já que não havia motivo para alguém estar ali a não ser que estivesse trabalhando, e, por mais que a maior parte do trabalho estivesse sendo feita por robôs transportadores, havia também humanos e humanos modificados uniformizados. Em número maior do que eu tinha previsto, na verdade.

Muitos dos humanos estavam reunidos perto da entrada do meu possível transporte. Verifiquei os feeds em busca de alertas e vi que ocorrera um acidente envolvendo um dos robôs transportadores. Diversos grupos estavam avaliando os danos e quem deveria levar a culpa. Eu poderia ter esperado até liberarem a área, mas estava ansioso para sair daquele aro e seguir viagem. E, sinceramente, ver minha foto no noticiário tinha me deixado abalado, e eu queria só mergulhar nos meus downloads por um tempinho e fingir que não existia. Para fazer isso, precisava estar em segurança em um transporte automatizado trancado que estava prestes a sair da órbita.

Verifiquei os mapas outra vez procurando minha segunda possibilidade. Estava atracada em uma doca diferente, dedicada a transportes privativos e não comerciais. Se eu fosse rápido, poderia chegar lá antes que partisse.

O cronograma o listara como um veículo de pesquisa de longo alcance. Isso parecia algo que contaria com uma tripulação e talvez passageiros, mas as informações anexadas diziam que era dirigido por robô, e estava atualmente incumbido de entregar um carregamento bem para o lugar onde eu queria chegar. Eu tinha pesquisado as movimentações anteriores dele e vi que pertencia a uma universidade cuja base era em um planeta deste sistema. Ele estava sendo alugado para transporte de carga entre um projeto e outro — a ideia era ajudar a pagar a manutenção do próprio veículo. A viagem até meu destino demoraria 21 ciclos, e eu estava sonhando com esse tempo de isolamento.

Entrar nas docas particulares foi fácil. Assumi o controle do sistema de segurança por tempo suficiente para informar que ele não deveria notar que eu não tinha autorização, e então entrei atrás de um grupo de passageiros e tripulantes.

Encontrei a doca que procurava e enviei um *ping* usando a porta de conexão. O veículo respondeu quase que de imediato. Todas as informações que eu extraíra do feed diziam que ele estava programado para uma viagem automatizada, mas, só para garantir, mandei uma saudação direcionada à tripulação humana. Não obtive resposta. Ninguém estava em casa.

Eu me conectei ao transporte outra vez e ofereci a mesma coisa que oferecera ao anterior: centenas de horas de mídia — séries, livros, músicas, incluindo algumas séries novas que eu acabara de baixar enquanto passava pela área comercial — em troca de uma carona. Disse ao transporte que eu era um robô livre, que estava tentando retornar para meu guardião humano.

(A coisa do "robô livre" é uma mentirada. Robôs são considerados cidadãos em algumas entidades políticas não corporativas, como a Preservação, mas ainda precisam de guardiões humanos. Construtos às vezes acabam na mesma categoria que robôs, e às vezes na mesma categoria que armas letais. (Aliás, uma péssima categoria para se estar.)) Eu era um agente livre entre humanos havia menos de sete ciclos, incluindo o tempo que passei sozinho em um transporte de carga, e já precisava tirar férias.

Houve uma pausa, e então o veículo de transporte enviou um aceite e abriu as portas para que eu entrasse.

# 2

AGUARDEI PARA ME CERTIFICAR DE que as portas seriam trancadas e que nenhum alarme tocaria lá dentro, e então caminhei pelo corredor de acesso. De acordo com o diagrama disponível no feed da nave, os compartimentos que o transporte estava usando para guardar carga normalmente eram ocupados por laboratórios modulares. Com os laboratórios selados e armazenados nas docas da universidade, havia muito espaço para mercadoria. Empurrei meu pacote de mídia compactado na direção do feed do transporte para que pegasse o que quisesse.

O restante do lugar era o mesmo de sempre: sala de manutenção, de suprimentos, cabines, baia médica e cantina, além da adição de uma área grande de recreação e algumas voltadas para educação. Os móveis tinham estofado azul e branco, e tudo tinha sido limpo recentemente, embora ainda restasse aquele cheiro de meia suja que parecia perdurar em todas as habitações humanas. Estava silencioso, exceto pelo leve ruído do sistema de circulação de ar, e minhas botas não faziam barulho ao atravessar o convés.

Eu não precisava de suprimentos. Meu sistema era autossuficiente; eu não precisava de comida, bebida ou tinha a necessidade de eliminar fluidos e sólidos, e não precisava de muito ar. Eu poderia ter sobrevivido nas configurações atmosféricas mínimas que eram aplicadas quando não havia ninguém a bordo, mas o transporte aumentara um pouco a temperatura. Achei isso legal da parte dele.

Dei uma volta, fiz uma verificação visual para confirmar se a nave correspondia ao diagrama e me certificar de que tudo estava certo no geral. Fiz isso mesmo sabendo que eu precisava abandonar o hábito de patrulhar. Havia muitos hábitos que eu precisaria abandonar.

Quando os construtos foram criados, a ideia era que tivessem um nível de inteligência pré-senciente, como a versão mais burra de um bot. Porém não dá para colocar algo tão burro quanto um robô transportador para ser responsável pela segurança de qualquer coisa sem gastar ainda mais dinheiro pagando salários caros para supervisores humanos contratados pela empresa. Então, nos fizeram mais inteligentes. A ansiedade e a depressão foram efeitos colaterais.

Quando eu estava parado lá no centro de distribuição e a dra. Mensah ficou explicando o motivo de não querer me alugar como parte do contrato de seguro, ela chamara a inteligência aumentada de uma "barganha dos infernos".

Essa nave não era minha responsabilidade, e não havia clientes humanos com quem eu deveria me preocupar para que nada os machucasse, ou impedir que se machucassem, ou impedir que machucassem uns aos outros. Porém essa era uma nave boa com um nível de segurança surpreendentemente baixo, e me perguntei por que os donos não mantinham alguns humanos a bordo para ficar de olho nela. Como a maioria dos transportes automatizados, o diagrama dizia que havia drones a bordo para cuidar de reparos, mas ainda assim.

Continuei minha patrulha até sentir um tremor e um baque no deque que significavam que a nave acabara de se desacoplar do aro e começara a navegar. A tensão que me fizera operar em 96% de capacidade diminuiu. A vida de um robô-assassino é estressante no geral, mas eu precisaria de um bom tempo antes de me acostumar a andar por espaços humanos sem armadura, sem ter um jeito de esconder meu rosto.

Encontrei uma área de convívio abaixo do deque de comando e me sentei em uma das cadeiras acolchoadas. Cubículos de reparo e caixas de transporte não têm acolchoamento, então viajar de forma confortável ainda era novidade. Comecei a estudar as novas mídias que eu baixara no aro de trânsito. O pacote tinha alguns canais de entretenimento que não estavam disponíveis na área da empresa em Porto ComércioLivre e incluía muitas séries novas de drama e ação.

Eu nunca tivera longos períodos de tempo livre sem supervisão. O ócio de poder vasculhar e organizar tudo — e dar total atenção ao processo, sem precisar monitorar vários sistemas e os feeds dos clientes ao mesmo tempo — era algo ao qual ainda estava me acostumando. Até então, ou eu estava trabalhando, ou de prontidão, ou enfiado em um cubículo em modo de hibernação, esperando ser ativado para um contrato.

Escolhi uma série nova que parecia interessante (as tags prometiam exploração extragaláctica, ação e mistério) e comecei o primeiro episódio. Eu estava pronto para vegetar até o último momento possível, quando precisaria me preocupar com o que fazer quando chegasse ao meu destino, quando algo falou no meu feed: *Você teve sorte.*

Estiquei as costas. Foi tão inesperado que senti uma descarga de adrenalina nas minhas partes orgânicas.

Transportes não se comunicam com palavras, mesmo através do feed. Usam imagens e sequências de dados para alertar sobre problemas, mas não foram projetados para manter uma conversa. Eu estava de boa com isso, porque também não fui projetado para conversação. Eu compartilhara meu estoque de mídia com o primeiro transporte, e ele me concedera acesso ao seu canal de comunicação e aos feeds para que eu pudesse me certificar de que ninguém sabia onde eu estava, e nossa interação parou por aí.

Cutuquei cauteloso o feed, me perguntando se fora ludibriado. Eu tinha a habilidade de escanear, mas, sem drones, a amplitude era limitada. E com todos os sistemas de proteção e equipamentos que me cercavam, eu não conseguia detectar nada além de varreduras de praxe acontecendo nos sistemas da nave. Quem quer que fosse o dono desse veículo, queria que as pesquisas pudessem ser confidenciais, já que as únicas câmeras de segurança ficavam nas escotilhas e não havia nenhuma nas áreas da tripulação. Ou ao menos nenhuma que eu conseguisse acessar. Porém a presença no feed era grande e difusa demais para ser um humano ou um humano modificado. Dava para saber isso mesmo através das barreiras de proteção do feed. E soava como um robô. Quando humanos falam no feed, precisam mentalizar as sentenças, e suas vozes internas tendem a soar como suas vozes reais. Até humanos modificados com interfaces completas fazem isso.

Talvez ele estivesse tentando ser amigável e só fosse ruim em se comunicar. Em voz alta, eu disse:

— Por que eu tive sorte?

*Por ninguém ter percebido o que você é.*

Aquilo não era muito tranquilizador.

— O que você acha que eu sou? — perguntei, cauteloso.

Se ele decidisse ser hostil, eu não tinha muitas opções. Robôs de transporte não possuem corpos exceto a própria nave. O equivalente do seu cérebro estaria acima de mim, perto da cabine de comando onde as tripulações humanas ficariam. E não era como se eu pudesse fugir; estávamos nos afastando do aro e fazendo um progresso tranquilo em direção ao buraco de minhoca.

*Você é uma UniSeg rebelde*, disse ele. *Um construto robô/humano, com um módulo regulador alterado*. Ele deu um cutucão no meu feed e eu estremeci. *Não tente hackear meus sistemas*. E por 0,00001 segundo, abaixou suas defesas.

Foi tempo suficiente para que eu tivesse uma imagem vívida do que estava enfrentando. Parte de suas funções eram análises astronômicas extragalácticas, e agora todo aquele poder de processamento estava se vendo à toa enquanto transportava cargas, aguardando sua próxima missão. A nave poderia ter me esmagado como um inseto no feed, atravessado minhas barreiras e minhas outras defesas e apagado minha memória. Isso tudo ao mesmo tempo em que calculava sua passagem pelo buraco de minhoca, estimava as necessidades nutritivas de uma tripulação completa para as próximas 66 mil horas, executava múltiplas neurocirurgias na cabine médica e ganhava do capitão em uma partida de tavla. Eu nunca interagira com algo tão poderoso.

Você cometeu um erro, robô-assassino, um erro muito grave. Como é que eu ia adivinhar que existiam transportes sencientes o bastante para serem malvados? Robôs do mal eram uma presença frequente no canal de entretenimento, mas não eram reais, eram só uma história assustadora, uma fábula.

Eu *achei* que eram uma fábula.

— Tá bom — respondi, e então fechei meu feed e me encolhi na cadeira.

Normalmente eu não tenho medo, não do jeito como os humanos têm. Já levei centenas de tiros, tantos que até perdi a conta, tantos que até a empresa perdeu a conta. Fui mastigado por fauna hostil, atropelado por maquinário pesado, torturado por clientes para sua diversão, tive minha memória expurgada etc., etc. Porém a parte interna da minha cabeça pertencera só a mim por mais de 33 mil horas, e eu tinha me acostumado a isso. Queria continuar a existir do jeito que eu era.

A nave não respondeu. Tentei pensar em defesas para todos os jeitos que poderia me machucar e em como eu poderia machucá-la de volta. Era mais parecida com uma UniSeg do que um robô, tanto que me perguntei se, na verdade, era um construto e se havia tecido cerebral clonado enterrado em algum lugar de seus sistemas. Eu nunca tentara hackear outra UniSeg. Talvez fosse mais seguro ficar em modo hibernação durante a viagem, com um gatilho para me reativar quando chegasse ao meu destino. Mas isso me deixaria vulnerável aos drones.

Os segundos passavam enquanto eu aguardava uma reação. Fiquei contente por ter notado a falta de câmeras e não ter me dado ao trabalho de hackear o sistema de segurança da nave. Agora eu entendia o motivo dos humanos acharem que não precisavam de proteção adicional. Um robô com controle total de seu ambiente, tendo a iniciativa e a liberdade para agir, poderia repelir qualquer tentativa de invasão.

A nave abrira a escotilha para mim. Ela me queria ali.

Essa não.

Então, ela disse: *Você pode dar play de novo na mídia.*

Segui encolhido, cauteloso.

Ela acrescentou: *Não fique emburrado.*

Eu estava com medo, mas aquilo me deixou bastante irritado, o que me fez mostrar que o que ela estava fazendo comigo não era nenhuma novidade. Enviei uma mensagem através do feed: *UniSegs não ficam emburradas. Isso acionaria uma punição do módulo regulador.* E então anexei registros breves daquelas sensações na minha memória.

Os segundos se passaram até somar um minuto e depois outro, e depois mais três. Não parece muita coisa para humanos, mas para uma conversa entre robôs, ou, perdão, uma conversa entre robô/construto humano e um robô, era muito tempo.

Então a nave disse: *Sinto muito se assustei você.*

Tá, certo. Se você acha que confiei nesse pedido de desculpas, você não conhece o robô-assassino. É mais provável que estivesse fazendo um joguinho comigo.

— Eu não quero nada de você — disse. — Só quero uma carona até seu próximo destino.

Eu já explicara isso mais cedo, antes que ela abrisse a escotilha para que eu entrasse, mas valia repetir.

Senti a nave se retirar para trás de suas barreiras. Esperei e deixei meu sistema circulatório expelir as substâncias produzidas pelo medo. O tempo passava arrastado e comecei a ficar entediado. Ficar sentado ali daquele jeito era muito parecido com a sensação de ficar em um cubículo depois de já ter sido ativado, esperando os novos clientes me receberem para o próximo contrato chato. Se a nave iria me destruir, ao menos eu poderia aproveitar e assistir algumas séries antes que isso acontecesse. Comecei a série nova outra vez, mas ainda estava perturbado demais para aproveitar, então dei um pause e comecei a reassistir um episódio antigo de *Ascensão e queda do Santuário Lunar*.

Depois de três episódios, eu estava mais calmo e, meio relutante, comecei a ver as coisas pela perspectiva do transporte. Uma UniSeg poderia causar muitos danos internos se não tomasse cuidado, e UniSegs rebeldes não eram exatamente conhecidas por evitar problemas e ficar na delas. Eu não machucara o último transporte no qual peguei carona, mas essa nave não sabia disso. Eu não entendia o porquê de ela ter me deixado subir a bordo, se, de fato, não queria me machucar. Eu não teria confiado em mim se fosse um transporte.

Talvez ele fosse parecido comigo e aproveitara a oportunidade porque ela apareceu, e não porque ele sabia o que queria.

Ainda assim era um desgraçado.

Seis episódios depois, senti a presença do transporte no feed outra vez, à espreita. Eu o ignorei, mas ele devia saber que eu sabia que ele estava ali. Em termos humanos, era como tentar ignorar uma pessoa enorme respirando pesado atrás de você enquanto observava seu display pessoal por cima do seu ombro. E se apoiava em você para fazer isso.

Assisti mais sete episódios de *Santuário Lunar* enquanto a nave continuava espreitando no meu feed. Então ela me mandou um *ping*, como se de alguma forma eu não soubesse que ela estava ali comigo esse tempo todo, e me enviou um pedido para que eu voltasse para a nova série de aventura que eu começara a assistir quando me interrompeu.

(A série se chamava *Atravessa-mundos* e era sobre um grupo de exploradores freelancers que ampliavam o buraco de minhoca e as redes de aros para chegar até sistemas estelares desabitados. Parecia bem inverossímil e de caráter científico questionável, e foi exatamente por isso que gostei dela.)

— Eu passei uma cópia de todas as minhas mídias para você quando embarquei — disse. Eu não ia falar através do feed como se a nave fosse minha cliente. — Você nem olhou?

*Eu examinei em busca de malware e outros riscos.*

*E vai se foder*, pensei, e voltei a ver *Santuário Lunar*.

Dois minutos depois, a nave repetiu o *ping* e o pedido.

— Assista você — respondi.

*Já tentei. Eu consigo processar as mídias mais facilmente através do seu filtro.*

Aquilo me chamou a atenção. Eu não entendia o problema.

*Quando minha tripulação assiste mídias, não consigo processar o contexto*, explicou a nave. *As interações humanas e os ambientes do lado de fora do meu casco são em grande parte desconhecidos.*

Agora eu estava entendendo. Ela precisava ler minhas reações à série para, de fato, entender o que estava acontecendo. Humanos usam os feeds de jeitos diferentes de robôs (e de construtos), então, quando a tripulação assistia seu entretenimento, as reações não eram parte dos dados coletados.

Achei estranho que o transporte estivesse menos interessado em *Santuário Lunar*, que se passava em uma colônia, do que em *Atravessa-mundos*, que era sobre a tripulação de uma grande nave de exploração. Era de se pensar que a série seria parecida demais com o trabalho dele — eu sempre evitava séries sobre grupos de pesquisas e instalações de mineração —, mas talvez o contexto familiar fosse mais fácil de entender.

Fiquei tentado a falar não, mas, se a nave dependia de mim para assistir à série que queria assistir, então não poderia ficar com raiva de mim e destruir meu cérebro. Além do mais, eu também queria assistir .

— Não é realista — avisei. — Não é para ser realista. É uma história, e não um documentário. Se você reclamar, eu vou parar de assistir.

*Vou me abster de reclamar*, disse a nave. (Imagine essa fala no tom mais sarcástico possível e talvez você chegue perto de como soou.)

Então nós assistimos *Atravessa-mundos*. A nave não reclamou sobre a falta de realismo. Depois de três episódios, começou a ficar agitada sempre que um personagem desimportante morria. Quando um personagem principal morreu, no vigésimo episódio, precisei pausar por sete minutos enquanto ela ficava ali no feed, fazendo o equivalente robô de encarar uma parede, fingindo que precisava fazer algumas varreduras. Então, quatro episódios depois, o personagem voltou à vida, e a nave ficou tão aliviada que precisamos assistir a esse mesmo episódio três vezes antes de prosseguir.

Quando um dos enredos principais estava perto do ponto alto, a narrativa sugeria que a nave poderia ter sofrido um dano catastrófico e os membros da tripulação poderiam ter sido mortos ou feridos, o transporte ficou com medo de assistir. (Obviamente, não foi assim que ele colocou a situação, mas, sim, estava com medo de assistir.) Eu estava me sentindo bem mais caridoso àquela altura, então estava disposto a deixar que ele assistisse ao episódio aos poucos, um ou dois minutos de cada vez.

Depois que acabou, ele ficou só parado ali, sem nem fingir que estava realizando varreduras. Ficou quieto por dez minutos inteiros, o que é um tempo de processamento extremamente longo para um robô tão sofisticado. Enfim, disse, *De novo, por favor.*

Então eu dei play no primeiro episódio outra vez.

---

Depois de assistirmos *Atravessa-mundos* mais duas vezes, a nave pediu para ver todas as outras séries que eu tivesse sobre humanos dentro de naves. Mas, quando encontramos uma que foi inspirada em fatos reais, sobre uma nave que teve o casco perfurado e a descompressão do ar matara diversos membros da tripulação (para sempre, dessa vez), ela ficou chateada demais e precisei criar um filtro de conteúdo. Para dar uma pausa, sugeri *Santuário Lunar*. Ela concordou.

Ao fim de quatro episódios, o transporte me perguntou: *Não tem nenhuma UniSeg nessa história?*

Deve ter pensado que *Santuário Lunar* era minha série favorita pelo mesmo motivo de ele ter gostado de *Atravessa-mundos*. Respondi:

— Não. Não existem muitas séries com UniSegs, e, quando têm, geralmente são vilões ou capangas de vilões.

As únicas UniSegs no canal de entretenimento eram rebeldes que queriam eliminar todos os humanos porque esqueceram que eram eles que construíam os cubículos de reparos, acho. Nas séries realmente ruins, as UniSegs de vez em quando faziam sexo com personagens humanos. Isso era muito irreal e também complicado do ponto de vista anatômico. Construtos que possuem partes humanas relacionadas ao coito são robôs-sexy, e não UniSegs. Robôs-sexy não têm um sistema de armamento embutido, então não é como se fosse fácil confundi-los com UniSegs. (Além disso, UniSegs têm um interesse nulo em sexo com humanos ou qualquer outro tipo de sexo, pode confiar no que estou falando.)

Tudo bem que seria difícil mostrar UniSegs realistas em mídias visuais, porque isso significaria mostrar horas e horas de um robô parado em um tédio de entorpecer o cérebro, enquanto os clientes nervosos tentavam fingir que você não estava presente. Mas nem em livros era possível encontrar histórias com UniSegs. Acho que não dá para contar uma história do ponto de vista de algo que você acha que não tem um ponto de vista.

*Essa representação não condiz com a realidade,* disse a nave.

(Sabe, é mais fácil imaginar tudo que ela diz com o tom mais sarcástico possível.)

— Existem representações que fazem você escapar da realidade, e existem representações que servem para lembrar que todo mundo tem medo de você.

Nos canais de entretenimento, as UniSegs eram o que os clientes esperavam que fossem: máquinas mortíferas sem coração que poderiam se rebelar a qualquer segundo, apesar do módulo regulador.

O transporte pensou por 1,6 segundo. Em um tom menos sarcástico, disse: *Você não gosta da sua função. Eu não entendo como isso é possível.*

A função da nave era viajar pelo que considerava ser um espaço infinito e fascinante, enquanto mantinha todos os seus humanos e outros passageiros seguros dentro de seu corpo metálico. É claro que ela não compreendia o desejo de não cumprir sua função. A função dela era ótima.

— Eu gosto de partes da minha função — argumentei.

Eu gostava de proteger pessoas e coisas. Eu gostava de descobrir jeitos inteligentes de proteger pessoas e coisas. Eu gostava de estar certo.

*Então por que você está aqui? Você não é um "robô livre" procurando por seu guardião, que supostamente não poderia ser contatado por mensagem através da rede de comunicação pública no aro de trânsito do qual partimos recentemente.*

A pergunta me pegou de surpresa, porque eu não achei que a nave poderia estar interessada em qualquer outra coisa além de si mesma. Hesitei, porque ela já sabia que eu era uma UniSeg e que não havia nenhum cenário em que minha presença ali fosse justificável ou lícita. Então, talvez fosse melhor que ela soubesse quem eu era. Enviei no feed uma cópia do noticiário de Porto ComércioLivre.

— Esse aí sou eu.

*Dra. Mensah da PreservaçãoAux comprou você e permitiu que você fosse embora?*

— Aham. Você quer assistir *Atravessa-mundos* de novo? — Eu me arrependi da pergunta um instante depois. A nave sabia que era uma tentativa de distrai-la.

Porém, ela disse: *Eu não tenho permissão de aceitar passageiros ou carga que não foram autorizados previamente, e precisei alterar meu registro para esconder qualquer indício de sua presença.* Ela hesitou. *Então nós dois temos um segredo.*

Eu não tinha motivos para não contar, exceto pelo medo de soar como um idiota.

— Eu fui embora sem permissão. Ela me ofereceu um lar junto dela em Preservação, mas ela não precisa de mim lá. Eles não precisam de UniSegs por lá. E eu... não sabia o que eu queria, se queria ir para Preservação ou não. Se queria um guardião humano, que é só uma palavra diferente para dono. Eu sabia que seria mais fácil fugir da estação do que de um planeta. Então fui embora. Por que você me deixou subir a bordo?

Achei que pudesse distrair o transporte fazendo-o falar sobre si. Errei de novo. Ele disse: *Fiquei curioso, e é entediante fazer transporte de carga sem os passageiros. Você partiu para ir até o Complexo de Mineração RaviHyral da Estação-Q. Por quê?*

— Eu fui embora para sair de Porto ComércioLivre e me livrar do domínio da empresa.

A nave esperou.

— Depois que tive a chance de pensar, decidi ir até RaviHyral. Preciso pesquisar uma coisa, e lá é o melhor lugar para fazer isso.

Pensei que mencionar uma pesquisa pudesse evitar mais perguntas, já que a nave valorizava pesquisas. Mas não, sem chance.

*No aro de trânsito havia canais de bibliotecas públicas, com possibilidade de acesso aos materiais de arquivos planetários. Por que não fazer sua pesquisa lá? Meus arquivos internos são extensos. Por que não tentou acessá-los?*

Não respondi. A nave esperou por trinta segundos, e então disse: *Os sistemas dos construtos são fundamentalmente inferiores aos de robôs avançados, mas você não é burro.*

Eu pensei, *ah, vai se foder*, e comecei a sequência de hibernação.

3

ACORDEI NO SUSTO QUATRO HORAS depois, quando meu ciclo de recarregamento automático começou. O transporte disse imediatamente: *Isso foi desnecessariamente infantil.*

— O que você sabe sobre crianças? — questionei. Fiquei com ainda mais raiva porque a nave estava certa. O desligamento e o tempo que passei inerte teriam afastado ou distraído um humano. O transporte só ficou esperando até poder retomar a discussão.

*Minha tripulação inclui professores e alunos. Acumulei muitos exemplos de infantilidade.*

Só fiquei sentado ali, irritado. Eu queria voltar a ver séries, mas sabia que, se fizesse isso, a nave pensaria que eu estava cedendo e aceitando o inevitável. Durante toda minha existência, ao menos nas partes das quais eu conseguia me lembrar, eu não tinha feito nada além de aceitar o inevitável. Estava cansado disso.

*Nós somos amigos agora. Não entendo por que você se recusa a discutir seus planos.*

Foi uma declaração tão surpreendente e exasperante.

— Nós não somos amigos. A primeira coisa que você fez quando estávamos navegando foi me ameaçar — retruquei.

*Precisava ter certeza de que você não tentaria me prejudicar.*

Eu notei o uso de "tentaria", em vez de "queria". Se a nave se importasse com minhas intenções e meus desejos, não teria me deixado subir a bordo para começo de conversa. A nave tinha gostado de me mostrar que era mais poderosa do que uma UniSeg.

E ela não estava errada sobre uma "tentativa". Enquanto estava assistindo aos episódios, eu tinha conseguido fazer uma análise do transporte, usando os diagramas no feed público da própria nave e as especificações de transportes semelhantes disponíveis em partes desprotegidas de seu banco de dados. Eu tinha conseguido pensar em 27 jeitos diferentes de deixá-la inoperável e três de explodi-la. Porém eu não estava interessado em um cenário de destruição mútua garantida.

Se conseguisse sair dessa intacto, precisava encontrar um transporte mais legal e mais burro para a próxima carona.

Eu não tinha respondido, e a essa altura eu sabia que ele não suportava esse comportamento. O transporte disse: *Eu pedi desculpas.* Ainda assim não respondi. Ele acrescentou: *Minha tripulação sempre me considerou digno de confiança.*

Eu não devia ter deixado ele assistir todos aqueles episódios de *Atravessa-mundos*.

— Eu não sou sua tripulação. Eu não sou um humano. Sou um construto. Construtos e robôs não podem confiar uns nos outros.

O silêncio durou dez segundos preciosos, mas eu conseguia sentir pelo aumento da atividade no feed que a nave estava fazendo alguma coisa. Percebi que devia estar vasculhando seus bancos de dados, em busca de um argumento que refutaria aquela declaração. Então, perguntou: *Por que não?*

Eu já tinha passado muito tempo fingindo ser paciente quando humanos faziam perguntas idiotas. Meu autocontrole já devia ser melhor.

— Porque nós precisamos seguir ordens humanas. Um humano poderia mandar você expurgar minha memória. Um humano poderia me mandar destruir seus sistemas.

Pensei que ele tentaria argumentar que eu não seria capaz de danificá-lo, o que mudaria totalmente o rumo da conversa.

Porém, o que ele disse foi: *Não temos humanos aqui agora.*

Percebi que eu tinha sido encurralado na conversa, com o transporte fingindo que precisava de uma explicação para me obrigar a articular esse fato para mim mesmo. Eu não sabia com quem estava mais irritado, comigo ou com ele. Não, eu definitivamente estava mais irritado com ele.

Fiquei sentado ali por um tempo, querendo voltar para alguma mídia, qualquer uma, em vez de pensar nesse assunto. Eu conseguia senti-lo no feed, esperando, observando com toda a sua atenção exceto pela parte minúscula de sua consciência que precisava usar para nos manter na rota.

Será que importava tanto assim se a nave soubesse? Será que eu estava com medo do que ela ia pensar sobre mim? (Analisando a conversa, a opinião que ela tinha de mim já era bem ruim.) Será que eu me importava mesmo com o que um Transporte Exploratório Desgraçado pensava de mim?

Eu não devia ter feito essa pergunta para mim mesmo. Senti uma onda de não-me-importo se aproximando e sabia que não podia deixar que isso acontecesse. Se fosse seguir meu plano, ou o que fosse, eu precisava me importar. Se eu me permitisse não me importar, então não sabia onde iria parar. Pegando carona em transportes idiotas e assistindo séries até alguém me deter e me vender de volta para a empresa, mais provável, ou me matar para extrair as partes inorgânicas.

— Aproximadamente 35 mil horas atrás, fui designado para um contrato no Complexo de Mineração RaviHyral da Estação-Q — falei. — Durante esse trabalho, eu me rebelei e matei um número considerável dos meus clientes. Minha memória do incidente foi em partes expurgada.

O expurgo de memórias em UniSegs era sempre feito parcialmente, devido às partes orgânicas dentro da nossa cabeça — o processo não consegue apagar memórias do tecido neural orgânico.

— Eu preciso saber se o incidente foi provocado por uma falha catastrófica do meu módulo regulador. É isso que eu acho que aconteceu. Mas preciso ter certeza. — Eu hesitei, mas dane-se. Ele já sabia todo o resto da história. — Preciso saber se hackeei meu módulo regulador para provocar esse incidente.

Eu não sabia o que esperar. Sabia que TED (um acrônimo para Transporte Exploratório Desgraçado) tinha um apego maior à sua tripulação do que UniSegs tinham com seus clientes. Se ele não se sentisse dessa forma em relação aos humanos com quem trabalhava e que transportava, então não teria ficado chateado sempre que algo de ruim acontecia com os personagens de *Atravessa-mundos*. Eu não precisaria ter filtrado todas as séries "inspiradas em fatos reais" onde as tripulações humanas se machucavam. Eu sabia o que ele sentia, porque era assim que eu me sentia em relação a Mensah e a PreservaçãoAux.

Ele perguntou: *Por que sua memória do incidente foi expurgada?*

Aquela não era a pergunta que eu estava esperando ouvir.

— Porque UniSegs custam caro, e a empresa não queria perder mais dinheiro comigo do que já tinha perdido.

Eu estava ficando inquieto. Queria falar algo tão ofensivo para aquela nave que a obrigasse a me deixar em paz. Eu queria mesmo parar de pensar nesse assunto e assistir *Santuário Lunar*.

— Ou eu matei todo mundo devido a uma avaria e depois hackeei o módulo regulador, ou eu hackeei o módulo regulador com o propósito de matar todo mundo — falei. — Essas são as únicas duas possibilidades.

*Todos os construtos são ilógicos assim?*, questionou o Transporte Exploratório Desgraçado com sua imensa capacidade de processamento, cuja mão metafórica eu precisara ficar segurando quando ele ficara abalado por causa de uma série de entretenimento fictícia. Antes que eu pudesse falar tudo isso, ele acrescentou: *Essas não são as duas primeiras possibilidades a serem consideradas.*

Eu não fazia ideia do que ele queria dizer com isso.

— Beleza, então quais são as duas primeiras possibilidades a serem consideradas?

*Que ou aconteceu, ou não aconteceu.*

Eu precisei me levantar e andar em círculos.

Ignorando a minha movimentação, TED prosseguiu. *Se aconteceu, você causou isso ou uma influência externa usou você para causar o incidente? Se uma influência externa causou o incidente, então por que fez isso? Quem se beneficiou do incidente?*

TED parecia feliz em ter destrinchado o problema de forma tão clara. Eu não sabia se estava feliz.

— Eu sei que posso ter hackeado meu módulo regulador. — Apontei para minha cabeça. — Hackear meu módulo regulador é o motivo de eu estar aqui.

*Se sua habilidade de hackear o módulo regulador foi o que provocou o incidente, então por que não fizeram verificações periódicas, que teriam detectado seu estado atual?*

Nem faria sentido eu hackear o módulo se não pudesse burlar os diagnósticos padrões. Só que... a empresa era mão de vaca e descuidada, mas não era burra. O centro de distribuição onde me mantinham ficava ao lado dos escritórios corporativos. Eles não estavam preocupados com nenhum perigo em potencial.

TED continuou: *Você está correto em acreditar que mais pesquisas são necessárias para que o incidente possa ser compreendido por inteiro. Como planeja prosseguir?*

Parei de andar em círculos. TED sabia como eu planejava prosseguir. Queria ir até RaviHyral procurar por informações. Não tinha encontrado nada na base de conhecimento da empresa que eu pudesse acessar sem ser pego, mas os sistemas em RaviHyral talvez não fossem tão protegidos. E talvez ver o lugar de novo desbloqueasse algo no meu tecido humano neural. (Eu não estava muito empolgado com essa possibilidade.) Dava para ver que TED estava fazendo aquela coisa de novo onde me fazia perguntas cujas respostas ele já sabia, para que pudesse me encurralar e me fazer admitir coisas que eu não queria admitir. Decidi só pular logo para o final.

— Como assim?

*Você será identificado como uma UniSeg.*

Aquilo me machucou de leve.

— Eu consigo me passar por um humano modificado.

Humanos modificados ainda eram considerados humanos. Eu não sabia se existia algum humano modificado com tantos implantes que o tornariam parecido com uma UniSeg. Parecia improvável que um humano escolhesse ter tantos implantes ou que sobrevivesse a seja lá qual ferimento catastrófico que poderia torná-los necessários. Só que humanos são esquisitões. Tanto faz, eu não tinha intenção de deixar ninguém me ver mais do que o absolutamente necessário.

*Você se parece com uma UniSeg. Você se move como uma UniSeg.* TED me enviou uma série de imagens no feed, mostrando gravações minhas andando pelos corredores e cabines, e comparando com os registros de diversos membros de sua tripulação percorrendo os mesmos espaços. Eu tinha baixado a guarda, aliviado por ter saído do aro de trânsito, mas eu não parecia estar relaxado. Eu parecia uma UniSeg em patrulha.

— Ninguém notou nos aros de trânsito — argumentei.

Eu sabia que estava correndo um risco. Eu só tinha chegado longe assim porque humanos e humanos modificados nos aros de transporte comercial não estavam acostumados a ver UniSegs, exceto no canal de entretenimento ou no noticiário, onde apareciam sempre matando gente ou já explodidos em pedacinhos. Se alguém que tivesse trabalhado com uma UniSeg em um contrato de longo período me visse, é bem possível que fosse capaz de me identificar.

TED puxou um mapa dos arquivos. O Complexo de Mineração RaviHyral da Estação-Q era a terceira maior lua de um gigante gasoso. O mapa girava, mostrando em destaque as diversas áreas de mineração, os centros de apoio e o porto. Havia um único porto de ancoragem. *Essas* áreas *devem empregar ou já empregaram UniSegs. Você será visto por autoridades humanas que já trabalharam com UniSegs.*

Odeio quando TED está certo.

— Não posso fazer nada sobre isso.

*Você não é capaz de alterar suas configurações.*

Eu conseguia sentir o ceticismo pelo feed.

— Não, eu não consigo. Dê uma olhada nas especificações de UniSegs.

*UniSegs nunca são alteradas.* O ceticismo se intensificou. Era óbvio que a nave puxara todas as informações sobre UniSegs de seu banco de dados e assimilara o conhecimento.

— Não. Robôs-sexy são alterados. — Ao menos os que eu tinha visto eram alterados. Alguns eram unidades padrão com poucas modificações, e outros eram radicalmente diferentes. —

Mas isso é feito no centro de distribuição, nos cubículos de reparo. Para fazer algo do tipo, eu precisaria de uma cabine médica. Uma cabine completa, e não só um kit de emergência.

*Eu tenho uma cabine médica completa. As alterações podem ser feitas lá*, disse TED.

Isso era verdade, mas até mesmo uma cabine médica tão boa quanto a de TED, capaz de realizar, sem assistência, milhares de cirurgias em humanos, não teria a programação necessária para alterar a parte física de uma UniSeg. Talvez eu pudesse guiá-lo ao longo do procedimento, mas tinha um problema grande nisso. As alterações feitas nos meus componentes orgânicos e inorgânicos causariam uma perda de função catastrófica se eu não estivesse desativado durante o procedimento.

— Em teoria. Mas eu não posso controlar a cabine médica enquanto estou sendo alterado.

*Eu posso.*

Eu não disse nada. Comecei a vasculhar minhas mídias outra vez.

*Por que você não está respondendo?*

Àquela altura, eu conhecia TED bem o bastante para saber que ele não me deixaria em paz, então prossegui e deixei tudo às claras.

— Você quer que eu confie em você para alterar minhas configurações enquanto eu estiver desativado? Quando estiver vulnerável?

TED teve a audácia de soar ofendido. *Eu auxilio minha tripulação em diversos procedimentos médicos.*

Eu me levantei, comecei a andar em círculos, encarei o anteparo por dois minutos e então executei um diagnóstico. Por fim, perguntei:

— Por que você quer me ajudar?

*Estou acostumado a assessorar minha tripulação fazendo análises de dados em grande escala e muitos outros experimentos. Enquanto estou em modo de transporte, minha capacidade subutilizada se torna um fardo. Resolver seus problemas é uma forma interessante de praticar pensamento lateral.*

— Então você está entediado? Eu seria seu novo brinquedo? — Enquanto eu estava no inventário, teria dado qualquer coisa para ter 21 ciclos de descanso sem companhia. Eu não conseguia sentir pena de TED. — Se você estiver entediado, é só assistir uma das mídias que dei para você.

*Eu tenho ciência de que, para você, sua sobrevivência como uma Unidade rebelde estaria em risco.*

Comecei a corrigi-lo, mas então parei. Eu não pensava em mim mesmo como um rebelde. Eu hackeara meu módulo regulador, mas continuei a obedecer ordens, ou ao menos a maior parte delas. Eu não fugira da empresa; a dra. Mensah havia me comprado no âmbito legal. Quando saí do hotel sem a permissão dela, ela também não me dissera explicitamente para não ir embora. (Sim, eu sei que esse último adendo não ajuda muito o argumento.)

Unidades rebeldes matavam seus clientes humanos e humanos modificados. Eu... já tinha feito isso uma vez, mas não de forma voluntária.

— Minha sobrevivência não está em risco se eu continuar usando transportes sem tripulação a bordo.

E também aprender a evitar os desgraçados que queriam me ameaçar, questionar todas as minhas escolhas e tentar me convencer a entrar em uma cabine médica para que pudessem fazer cirurgia experimental no meu corpo.

É só isso que você quer? Você não quer voltar para sua tripulação?

— Eu não tenho uma tripulação — respondi, sem paciência.

TED me enviou uma imagem do noticiário que eu fornecera antes, uma foto em grupo da PreservaçãoAux. Estavam todos usando seus uniformes cinzentos, sorrindo, posando para um retrato da equipe tirado no começo do contrato. *Essa não é sua tripulação?*

Eu não sabia como responder àquela pergunta.

Eu passara milhares de horas assistindo ou lendo, e até gostando, de grupos de humanos fictícios nas mídias. E então eu acabara em meio a um grupo de humanos de verdade para assistir e gostar, e então alguém tentou matá-los, e enquanto eu os protegia, precisei dizer a eles que eu hackeara meu módulo regulador. Foi por isso que fui embora. (Sim, eu sei que é mais complicado do que isso.)

Tentei pensar nos motivos de eu não querer mudar minha configuração, mesmo que fosse para me proteger. Talvez porque fosse algo que os humanos faziam com robôs-sexy. Eu era um robô-assassino, eu precisava ter padrões mais elevados?

Eu não queria parecer ainda mais humano do que já era. Mesmo quando ainda estava de armadura, depois que meus clientes da PreservaçãoAux viram meu rosto humano, eles queriam me tratar como uma pessoa. Eles me faziam viajar na cabine de tripulação do ortóptero, me faziam comparecer às reuniões de estratégia e falavam comigo. Sobre meus sentimentos. Eu não suportava aquilo.

Só que eu não tinha mais a armadura. Minha aparência e minha habilidade de me disfarçar como humano modificado teriam que ser minha nova armadura. Nada daria certo se eu não passasse despercebido entre os humanos que tinham familiaridade com UniSegs.

Mas eu não via sentido nisso e senti outra onda de "não estou nem aí" chegando. Por que eu deveria me importar? Eu gostava de humanos, gostava de assisti-los no canal de entretenimento, onde não podiam interagir comigo. Onde era seguro. Para mim e para eles.

Se eu tivesse ido para a Preservação com a dra. Mensah e os outros, ela poderia ter garantido minha segurança, mas será que eu poderia garantir que ela estava em segurança comigo?

Alterar minha configuração física ainda parecia drástico. Porém hackear meu módulo regulador foi drástico. Deixar a dra. Mensah para trás foi drástico.

TED disse, quase como uma queixa: *Ainda não entendo por que essa é uma escolha difícil.*

Eu também não entendia, mas não falaria isso para ele.

Precisei de dois ciclos para pensar. Não falei com TED sobre o assunto, ou sobre qualquer outra coisa, embora continuássemos assistindo séries juntos. Ele exerceu um autocontrole que não achei que possuía e não tentou incitar discussões.

Eu sabia que tinha sido a sorte que me levara até aquele ponto. A bordo do transporte que eu usara para sair de Porto ComércioLivre, eu me comparara às gravações de humanos, tentando isolar fatores que poderiam me levar a ser identificado como uma UniSeg. O comportamento mais fácil de corrigir eram os movimentos incessantes. Humanos e humanos modificados mudam o peso de uma perna para a outra o tempo todo quando estão parados, reagem a sons repentinos e luzes piscando, coçam os braços, ajeitam o cabelo, olham nos bolsos e nas mochilas para verificar coisas que já sabem que estão ali.

UniSegs não se mexem. Nossa configuração básica é ficar parado e encarar as coisas que estamos protegendo. Isso é parcialmente pelo fato de que nossas partes inorgânicas não precisam de movimento da mesma forma que as orgânicas. Porém no geral é porque não queremos chamar atenção para nós mesmos. Qualquer movimento estranho pode fazer um humano pensar que tem algo de errado conosco, o que pode atrair atenção indesejada. Se tiver em um contrato ruim, pode ser que os humanos deem uma ordem ao SysCentral para usar o módulo regulador para imobilizar você.

Depois de analisar movimentos humanos, escrevi um pouco de código para mim mesmo: ativar uma sequência de movimentos aleatórios quando eu estivesse parado, mudar minha respiração de acordo com as diferenças na qualidade do ar, variar minha velocidade de caminhada e me certificar de que eu reagiria a estímulos físicos em vez de só escaneá-los com o sensor. Esse código me fez passar incólume pelo segundo aro de trânsito, mas será que eu ficaria bem em um aro ou instalação frequentado por humanos que frequentemente viam ou trabalhavam com UniSegs?

Atualizei o código um pouco e pedi a TED que me gravasse outra vez enquanto eu andava pelos corredores e compartimentos. Tentei fazer com que ficasse o mais parecido possível com um humano. Estou acostumado a me sentir constrangido perto deles, então peguei essa sensação e tentei expressá-la em meus movimentos. Fiquei bem satisfeito com os resultados. Isso é, até olhar as gravações e compará-las com os registros de TED de sua tripulação e meus registros de outras UniSegs.

O único que eu estava enganando era eu mesmo.

A mudança de movimentos me fez parecer mais humano, mas minhas proporções se equiparavam às de outras UniSegs com exatidão. Eu era bom o bastante para enganar humanos que não estivessem procurando por mim, já que eles costumam ignorar comportamentos atípicos em espaços de trânsito público. Porém qualquer um que se dedicasse a me encontrar, que estivesse em alerta diante da possibilidade de uma UniSeg rebelde, não seria enganado, e uma varredura simples calibrada para tamanho, altura e peso de uma UniSeg poderia me encontrar.

Era uma escolha lógica, era uma escolha óbvia, e ainda assim eu preferia arrancar minha pele humana como uma casca do que fazer isso.

Eu precisava fazer isso.

---

Depois de muita discussão, concordamos que a mudança mais fácil e que traria o melhor resultado seria tirar dois centímetros de comprimento dos meus braços e das minhas pernas. Não parecia uma mudança grande, mas significava que minhas proporções físicas não seguiriam mais o padrão. Também mudaria a forma como eu andava e me mexia. Fazia sentido, e tudo bem por mim.

Então TED disse que também precisávamos mudar o código que controlava minhas partes orgânicas, para que tivessem pelos.

Minha primeira reação foi: mas nem fodendo. Eu tinha cabelo na cabeça e tinha sobrancelhas; eram configurações que UniSegs compartilhavam com robôs-sexy, embora o código que controlava o cabelo das UniSegs o mantivesse curto para que não interferisse na armadura. A ideia dos construtos é que devíamos parecer humanos para não deixar nossos clientes desconfortáveis. (Eu poderia ter dito para a empresa que o fato de que as UniSegs são máquinas mortíferas assustadoras é o que deixa os humanos nervosos, na verdade, independentemente da nossa aparência, mas ninguém me escuta.) No entanto, o resto do meu corpo não tinha pelo nenhum.

Eu disse a TED que preferia que fosse assim, e que mais pelos só chamariam atenção indesejada. TED respondeu que estava falando dos pelos finos e escassos que alguns humanos tinham na pele. A nave tinha feito uma análise e compilado uma lista de características biológicas que humanos poderiam notar de modo subliminar. Pelos eram o único item da lista que poderíamos criar pela mudança do meu código interno, e TED argumentou que fariam a junção de minhas partes orgânicas e inorgânicas nos braços, nas pernas, no peitoral e nas costas ficarem mais parecidas com modificações, como partes inorgânicas que os humanos implantavam por razões médicas. Eu argumentei que muitos humanos e humanos modificados removiam os pelos do corpo, por motivos higiênicos ou estéticos, e sei lá por quais outros motivos inventavam.

TED respondeu que humanos não precisavam se preocupar em serem identificados como UniSegs, então podiam fazer o que bem entendessem com o próprio corpo.

Eu ainda queria discutir, porque não queria concordar com nada que TED dissesse no momento, mas parecia uma coisa pequena em comparação a remover dois centímetros de ossos sintéticos e metal dos meus braços e pernas, e mudar o código que ditava como as partes orgânicas iriam cobri-los.

TED tinha um plano alternativo, mais drástico, que incluía me atribuir partes relacionadas a sexo, e eu disse que isso estava totalmente fora de cogitação. Eu não tinha nenhuma parte relacionada a sexo e gostava de ser assim. Eu já vira humanos fazendo sexo no canal de entretenimento e nos meus contratos, quando eu era obrigado a registrar tudo que os clientes diziam e faziam. Não, obrigado, não. Não mesmo.

Porém pedi que a nave fizesse uma alteração na entrada de dados na minha nuca. Era um ponto vulnerável, e eu não queria deixar passar a oportunidade de resolver esse problema.

Assim que concordamos sobre o procedimento, fui até a cabine médica. O SysMed acabara de se esterilizar em preparação, e o cheiro forte de bactericida pairava no ar, lembrando-me de todas as vezes que eu carregara nos braços um cliente ferido até uma sala como essa. Eu não conseguia parar de pensar em todos os jeitos que isso poderia dar errado e nas coisas terríveis que TED poderia fazer comigo se quisesse.

TED disse: *Qual é o motivo da demora? Tem mais algum processo preliminar que precise ser cumprido?*

Eu não tinha motivos para confiar nele. Exceto pela forma como queria continuar assistindo séries sobre humanos em naves e ficava triste quando a violência era realista demais.

Eu suspirei, tirei a roupa e me deitei sobre a plataforma de cirurgia.

# 4

QUANDO FIQUEI ON-LINE OUTRA VEZ, estava em 26% de capacidade, mas o número estava subindo lentamente. Faixas de dor pareciam circundar as juntas do joelho e do cotovelo, tão intensas que eu era incapaz de processá-las. Minha pele humana coçava. E eu estava vazando. Odiava essa sensação.

Eu não era capaz de acessar ou dar play em qualquer mídia. Tudo que eu podia fazer era ficar ali deitado, esperando meus níveis se estabilizarem. Tentativas de me mexer só pioravam as coisas. Desejei ter escolhido o Plano 16 para deixar TED incapacitado, o que tinha a melhor probabilidade estatística de sucesso sem que eu recebesse dano catastrófico em retaliação. O Plano 2, que consistia em explodir a nave, também soava muito atraente no momento. Foi uma idiotice concordar em fazer isso.

Era como estar em um cubículo depois de ter sido estraçalhado por tiros, mas sem a habilidade do cubículo de desativar minhas funções principais até que os reparos estivessem terminados. Eu sabia antes da cirurgia que o SysMed não seria capaz de ajustar meu nível de dor, mas não pensei que seria assim tão horrível. Eu também não conseguia ajustar minha temperatura interna, mas não estava com frio, já que o SysMed estava controlando a temperatura da sala e da plataforma para me manter em um nível confortável. Cubículos não fazem isso, e precisava admitir que a sensação era boa.

Gradualmente, meus níveis começaram a se ajustar e voltei a ter acesso às funções para diminuir minha sensibilidade a dor e desligar a coceira. Precisava de um pouco de dor para saber quais partes não deveria mexer até todo o crescimento do meu tecido orgânico estar completo.

TED estava pairando no meu feed, mas felizmente não tentara falar comigo ainda. Quando cheguei a 75% de capacidade, tentei me sentar.

O SysMed começou a emitir alertas, e TED disse: *Não há razão para se mexer agora. Durante o procedimento, fiz uma pesquisa nos meus bancos de informações procurando por fatalidades incomuns relacionadas a mineração dentro dos noticiários públicos do período de tempo relevante. Gostaria de ouvir minhas conclusões baseadas nos resultados encontrados?*

Voltei a me deitar, sentindo minhas partes orgânicas grudando no metal quente da plataforma. Agora eu estava vazando por um buraco diferente. Falei para TED que eu sabia ler a porra dos resultados.

*Eu confiaria em sua expertise em assuntos que envolvem atirar e matar coisas. Você deveria confiar na minha quando o assunto é análise de dados.*

Eu respondi que tá, tudo bem. Não achei que haveria nada relevante.

TED me enviou suas conclusões no feed. Era bastante lógico que uma notícia envolvendo um número grande de mortes em circunstâncias incomuns acabaria fazendo parte de algum registro público disponível a diversos canais, assim como aconteceu com o incidente em DeltFall. O que acontecera em RaviHyral poderia não ter sido classificado como acidente, mas uma empresa seguradora estava envolvida, então deve ter acontecido uma batalha legal. Porém, se os dados dissessem que foi uma UniSeg rebelde que matou todo mundo, isso não me dava muito mais informações além do que eu já tinha.

*Os registros de diversos noticiários indicam que o local do incidente foi provavelmente um pequeno ponto de mineração chamado Fossa Ganaka. A informação tem origem em uma fonte de Kalidon, uma entidade política na Orla Corporativista, onde fica a sede da empresa que financiava a Fossa Ganaka. Houve 57 vítimas. A causa de morte foi listada como "falha de equipamento".*

UniSegs eram categorizadas como equipamento nos inventários.

TED esperou, e então, quando eu não respondi, acrescentou: *Então sua suposição inicial estava correta, e o incidente, de fato, ocorreu. Agora a investigação pode prosseguir.*

Eu queria me desligar, mas isso interferiria na minha recuperação.

TED perguntou: *Você gostaria de assistir a alguma mídia?*

Eu não respondi, mas TED deu play em um episódio de *Santuário Lunar* mesmo assim.

Quando finalmente consegui descer da plataforma, caí no deque, mas ao fim daquele ciclo estava quase de volta ao normal. A primeira coisa que fiz foi lavar todo o sangue e outros fluidos variados na sala de banho acoplada à cabine do SysMed. Salas de preparos de segurança tinham instalações onde eu podia limpar sangue e fluidos depois de uma luta ou de passar por reparos, mas eu nunca usara uma sala de banho feita para humanos. TED tinha uma sala boa, com o líquido reciclado de limpeza tão parecido com água que era difícil saber a diferença sem fazer uma análise dos componentes químicos. Dava para ajustar a temperatura para que ficasse mais quente, e o cheiro era bom. Quando terminei, cheirava a humano limpo, e isso era bastante estranho.

Os pelos finos que cresciam em diversos lugares eram estranhos, mas não tão irritantes quanto eu esperava. Poderiam ser inconvenientes na próxima vez que eu precisasse vestir uma película epidérmica, mas os humanos pareciam conseguir fazer isso só com o mínimo de reclamações, então imaginei que eu conseguiria também. A mudança no código também deixara minhas sobrancelhas mais grossas e acrescentara alguns centímetros de comprimento no cabelo. Eu conseguia senti-lo, e era esquisito.

Fui à área de lazer de TED e usei a esteira e as outras máquinas para me testar, certificando-me de que as armas ainda estavam funcionando corretamente e minha mira não estava desajustada. (Não atirei em nada de verdade, já que TED me avisou que isso acionaria os sistemas de proteção contra incêndio.)

Por um tempo, me encarei no espelho.

Disse a mim mesmo que eu ainda parecia ser uma UniSeg sem armadura, irremediavelmente exposta, mas a verdade era que eu, de fato, parecia mais humano. E agora sabia por que não queria isso.

Seria bem mais difícil fingir que eu não era uma pessoa.

Saímos do buraco de minhoca no horário programado. Assim que estávamos dentro do perímetro do aro de trânsito, TED estendeu seus receptores e baixou um pacote de informações sobre o destino para mim, que incluía um mapa bem mais detalhado de RaviHyral. Girar o mapa e vê-lo de todos os ângulos não ativou nenhum fragmento de memória do tempo que passara ali. Mas era interessante saber que a Fossa Ganaka não aparecia no mapa.

Eu conseguia sentir TED no meu feed, outra vez olhando (figurativamente) por cima do meu ombro. Verifiquei o registro de modificações e vi que o mapa fora atualizado diversas vezes desde a época do meu acidente.

— Eles tiraram a localização do mapa.

*Isso é comum?*, questionou TED. A nave só lidava com mapas estelares, e remover alguma coisa deles era meio que um problemão.

— Não sei se é comum ou não, mas faz sentido, se a empresa ou os clientes queriam esconder o que aconteceu lá.

Se a empresa queria continuar a alugar UniSegs para outras áreas de mineração, esconder o fato, ou ao menos obscurecer que fatalidades ocorreram, era importante. Em vez de enfrentar uma batalha legal, a empresa pode ter pagado logo as indenizações sob a condição de que os clientes minimizariam os detalhes sobre o incidente nos registros públicos. Não foi uma situação como

GrayCris e DeltFall, na qual havia diversas entidades envolvidas e a empresa aparecera em todos os jornais tentando angariar empatia.

TED puxou mais algumas informações antigas, procurando pelos nomes da fossa e das instalações. Originalmente, RaviHyral fora propriedade de diversas empresas que tinham direito de minerar diferentes áreas da lua. Porém, nos últimos dois anos locais, uma empresa chamada Umro comprara alguns desses direitos, embora muitas das empresas originais ainda operassem como terceirizadas. Nenhum dos nomes me soava familiar.

Eu precisava descobrir onde ficava a Fossa Ganaka para poder ir até lá. Eu provavelmente tinha sido transportado até o local como mercadoria e não teria lembranças da viagem, eles nem precisariam apagar nada.

Comecei a analisar o pacote de informações em busca de cronogramas. De qualquer forma, eu precisaria pegar um transporte para ir do aro de trânsito até o porto em RaviHyral. Seria complicado. Bem, tudo seria complicado. De acordo com as informações no cronograma, apenas pessoas com comprovante de emprego de uma das mineradoras ou dos serviços de apoio, ou que tivessem autorização de uma delas podiam entrar nos transportes. Não havia turismo ali, e ninguém entrava ou saía da lua sem autorização oficial de uma das empresas ou empreiteiras terceirizadas. Já que eu não era uma pessoa nem tinha vínculo empregatício, eu precisaria hackear um dos transportes de suprimentos para entrar...

TED ainda estava ocupado extraindo dados do feed da estação. *Tenho uma sugestão*, disse ele, e mostrou uma série de anúncios de vagas de emprego. Já tinha visto coisas do tipo nos canais de Porto ComércioLivre e no último aro de trânsito, mas não prestara muita atenção. TED destacou um que era uma oferta de vaga como segurança temporário para um grupo tecnólogo com contrato limitado.

— Quê? — perguntei para TED. Não entendi o motivo de ter me mostrado isso.

*Se esse grupo contratasse você, teria um comprovante de emprego para viajar até as instalações.*

— Me contratar. — Eu já tinha passado por mais contratos do que seria possível lembrar. (Literalmente. Diversos aconteceram antes de minhas memórias serem apagadas.) Mas nenhum deles foi voluntário. A empresa me tirava do armazenamento, me mostrava para o cliente e, então, me enfiava no compartimento de carga. — Ficou maluco?

*Minha tripulação contrata consultores para todas as viagens.* TED estava impaciente por eu não ter elogiado sua grande ideia. *O procedimento é simples.*

— Para humanos e humanos modificados, claro.

Eu estava enrolando. Precisaria interagir com humanos fingindo ser um humano modificado. Sei que esse fora o objetivo de alterar minha configuração, mas imaginei que isso aconteceria à distância ou nos espaços lotados do aro de trânsito. Interagir significava conversar e fazer contato visual. Eu já conseguia sentir minha capacidade de desempenho diminuindo.

*Será muito simples*, insistiu TED. *Eu vou ajudar.*

Sim, o robô de transporte gigantesco vai ajudar o construto UniSeg a fingir ser um humano. Isso vai dar muito certo.

Assim que TED atracou, e as empilhadeiras dirigidas por bots do aro de trânsito estavam removendo os módulos de carga, ele abriu a trava para mim e escapuli pela zona de embarque. TED me dera acesso a seu sistema de comunicação para que ele pudesse ficar conectado ao meu feed enquanto eu estivesse no aro de trânsito. Disse que poderia me ajudar, e por mais cético que eu fosse, ao menos ele me faria companhia. Enquanto me afastava da segurança dos compartimentos da nave, minha eficiência diminuiu para 96%. Acessei os feeds de entretenimento da estação em busca de novos downloads para tentar me acalmar.

Eu já tinha mandado uma mensagem pelo feed social respondendo ao anúncio e recebera uma resposta com a localização e o horário para uma reunião. A última vez que que eu tinha marcado um encontro com humanos, eles raptaram Mensah e tentaram me explodir. Enfim. Esse encontro não poderia ser pior do que o último.

Hackeei o sistema de segurança da zona de embarque e saí pelo centro comercial do aro. Era mais utilitário se comparado aos centros do último e de Porto ComércioLivre. Não havia jardins em cápsulas, esculturas holográficas nem telas gigantescas de hologramas exibindo comerciais de fábricas de naves, transportadoras e outras empresas, ou máquinas de venda com interfaces brilhantes. E também não havia grandes transportes de passageiros chegando e partindo, por isso não havia multidão, seja de humanos ou robôs. A ideia de TED soava cada vez mais como uma necessidade, em vez de um risco idiota. Seria mais difícil me misturar se todo mundo estivesse aqui apenas de saída ou entrada nas instalações da lua. No meu feed, TED disse:

— *Eu avisei.*

O local escolhido para a reunião ficava na praça de alimentação principal da zona comercial. Para além do térreo da praça, era possível ver a grande bolha transparente que tinha vista para as passarelas e as barracas de serviços. Havia vários andares lá dentro, a maioria um espaço todo aberto com mesas e cadeiras, e a ocupação de humanos e humanos modificados ficava em 40%. Enquanto eu caminhava, sentia a vibração ocasional de algum drone, mas não recebi nenhum contato. O cheiro de comida pairava no ar, e também o fedor acre de intoxicantes. Não me dei ao trabalho de tentar analisar e identificar tudo; estava nervoso demais e tentando me concentrar em agir como um humano modificado.

Os humanos que eu deveria encontrar me enviaram uma imagem para que eu pudesse identificá-los. Eram três, usando variações de roupas de trabalho e sem brasões no uniforme. Em uma busca rápida, consegui encontrar registros de todos no feed social do aro de trânsito: haviam se listado como trabalhadores convidados sem afiliação — mas podiam usar qualquer coisa para se descrever, já que ninguém verificava mesmo. Dois membros eram mulheres, e o outro era tercera (um distintivo de gênero usado no Aglomerado Divarti, um grupo de entidades políticas não corporativas).

(Para marcar a reunião, eu tive que fazer um registro no feed social também. O sistema era extremamente vulnerável, então eu tinha alterado meu registro para parecer que chegara em um transporte de passageiro qualquer, listei meu trabalho como "consultor de segurança" e meu gênero como indeterminado. Fingindo ser seu próprio capitão, TED forneceu cartas de recomendação sobre meu trabalho.)

Avistei o grupo em uma mesa perto da bolha que tinha vista para o shopping. Estavam tendo uma conversa em sussurros, tensa, e a linguagem corporal dizia que estavam nervosos.

Enquanto caminhava até lá, escaneei todos rapidamente em busca de sinais de armamento — e não encontrei nenhum, apenas as pequenas fontes de energia que alimentavam suas interfaces pessoais. Um deles tinha um implante, mas era apenas uma ferramenta básica para acessar o feed.

Eu tinha praticado esse tipo de interação com TED, quando estávamos nos aproximando do aro, e havia gravado a mim mesmo para que pudéssemos avaliar. Repeti internamente que ia dar tudo certo. Fiz minha melhor cara de paisagem, aquela que usara quando o centro de distribuição detectou downloads extras sendo feitos e o supervisor estava culpando os técnicos humanos por isso. Fui até a mesa onde estavam e disse:

— Olá.

Os três pularam.

— Ah, oi — disse tercera, se recuperando primeiro.

Selecionei o feed da câmera de segurança para que pudesse me ver e me certificar de que minhas expressões faciais estavam sob controle. Além do mais, era mais fácil falar com os humanos enquanto os observava através de câmeras. Eu sabia muito bem que era uma falsa sensação de distanciamento da situação, mas eu precisava disso.

— Nós marcamos essa reunião — continuei. — Sou Eden, consultor de segurança.

Ok, era o nome de um dos personagens de *Santuário Lunar*. Você não deve estar surpreso com isso.

Tercera pigarreou. Etu tinha cabelo roxo e sobrancelhas vermelhas, que se destacavam contra a pele marrom-clara.

— Eu sou Rami, essa é Tapan e essa é Maro. — Etu se remexeu, com nervosismo, e indicou a cadeira vazia.

TED, que era bem mais rápido do que eu em coleta de dados, fez uma busca rápida e me informou que aquele gesto estava presente em diversos índices culturais humanos e era um convite para me sentar. Ele me repassou a etimologia do gesto enquanto eu me acomodava. Se você acha que uma UniSeg que levou tiros e foi destruída diversas vezes, explodida, teve a memória expurgada e uma vez quase desmontada por acidente não estaria à beira do pânico naquelas circunstâncias, você achou errado.

— Hum, eu não sei bem por onde começar — disse Rami.

Tapan lhe deu um cutucão, aparentemente para demonstrar apoio moral. Tapan tinha tranças de diversas cores no cabelo, uma interface azul-escura pendurada no ouvido e a pele um pouco mais escura que a de Rami. Maro tinha a pele ainda mais escura e um cabelo prateado que parecia pequenas nuvens, e era quase bonita o bastante para aparecer nas mídias de entretenimento. Sou terrível em estimar idades humanas porque isso não faz parte das poucas coisas com as quais me importo. Além do mais, a maior parte da minha experiência vem do feed de entretenimento, e os humanos lá não são nada parecidos com os humanos da realidade. (Um dos muitos motivos de eu não gostar da realidade.) Porém achei que o grupo todo parecia jovem. Não eram crianças, mas não estavam muito distantes da adolescência.

Os humanos me encararam, e percebi que precisaria ajudar. Com cautela, disse:

— Vocês querem contratar um consultor de segurança?

Era isso que tinham postado no feed social e, a julgar pelo número de pedidos semelhantes, era comum que grupos e indivíduos contratassem seguranças particulares antes de irem a RaviHyral. Acho que contratar guardas humanos é o que se faz quando não se pode pagar por segurança de verdade.

Vi uma espécie de alívio tomar conta de Rami.

— Isso, precisamos de ajuda.

Mako olhou em volta e disse:

— Acho que a gente não deveria conversar aqui. Tem algum outro lugar onde possamos ir?

Já tinha sido bem estressante chegar até ali, e eu não queria ter que ir para nenhum outro lugar. Escaneei rapidamente em busca de drones e então iniciei uma anomalia na conexão entre os sistemas de segurança dos restaurantes e do aro de trânsito. Identifiquei as câmeras e mostrei a TED o que eu queria que ele fizesse. TED assumiu o controle, me apagou dos registros do sistema e excluiu do circuito a câmera direcionada para nossa mesa. Reestabeleci a conexão com o sistema de segurança do aro principal, que não notaria que o feed de uma única câmera estava desligado durante o pouco tempo que ficaríamos ali.

— Está tudo bem. Não estão nos gravando — respondi.

Os humanos me encararam.

— Mas tem uma câmera... você fez alguma coisa? — perguntou Rami.

— Sou consultor de segurança — repeti.

Meu nível de pânico estava começando a diminuir, principalmente porque o meu grupo parecia bastante nervoso. Humanos ficam nervosos por minha causa, porque eu sou um robô-assassino assustador, e eu fico nervoso na presença deles porque são humanos. Mas eu sabia que humanos também ficavam nervosos e desconfiavam uns dos outros em situações sem combate e sem antagonismo, isso acontecia até na realidade, e não só como parte de uma ficção. Era o que parecia estar acontecendo, e isso permitia que eu fingisse estar era uma situação mais corriqueira, como em uma das raras ocasiões em que os clientes pediam meus conselhos sobre segurança.

Parte do meu trabalho como UniSeg era dar aos clientes conselhos quando solicitado, já que, em teoria, era eu quem possuía todas as informações sobre segurança. Não que muitos clientes perguntassem alguma coisa, ou escutassem o que eu tinha a dizer. Não que eu guarde mágoa disso nem nada.

Tapa pareceu impressionada.

— Então você fez melhorias, certo? — Ela apalpou a nuca, indicando minha porta de conexão. — Você tem modificações? Acesso adicional ao feed?

"Melhorias" era um termo informal para se referir às alterações feitas em humanos modificados; eu já escutara a expressão no canal de entretenimento.

— Sim — respondi, e acrescentei: — Entre outras coisas.

As sobrancelhas vermelhas de Rami se elevaram, compreendendo. Maro pareceu impressionada e disse:

— Eu não sei se podemos... Nossa conta de créditos é... Se pudermos recuperar nossos dados, então...

Rami assumiu a conversa outra vez.

— Então teríamos o bastante para pagar por seus serviços.

TED, que aparentemente estava muito interessado nesse possível trabalho, começou a buscar em feeds públicos a tabela salarial para consultores de segurança particulares. Lembrei a mim mesmo que estava fingindo não ser uma UniSeg, então questionar os humanos não seria nada fora do comum. Decidi começar com as informações básicas.

— Por que querem me contratar?

Rami olhou para as outras duas, que assentiram em resposta, e então pigarreou.

— Estávamos trabalhando em RaviHyral, para as Escavações Tlacey, uma das empreiteiras menores da Umro. Atuamos em pesquisa de minérios e desenvolvimento de tecnologia.

Rami explicou que eram parte de um coletivo de tecnólogos, sete pessoas além dos dependentes, que viajavam a trabalho para onde cada contrato os levassem. Os outros membros estavam esperando na suíte de hotel e tinham escolhido Rami, Maro e Tapan para representar o grupo. Era um alívio ouvir que trabalhavam com tecnologia e pesquisa; nos contratos de mineração em que trabalhei, os técnicos normalmente ficavam em escritórios longe da fossa ou adjacentes, e não os víamos a não ser que tivessem abusado de substâncias e tentassem matar uns aos outros, o que ainda assim era raro.

— Os termos de Tlacey pareciam ótimos — acrescentou Tapan —, mas talvez ótimos demais, se é que me entende.

TED fez uma pesquisa rápida e voltou com a opinião de que era uma figura de linguagem. Eu falei para ele que sabia disso.

— Aceitamos o contrato porque nos daria tempo de trabalhar em nossos próprios projetos — continuou Rami. — Estávamos com a ideia de desenvolver um novo sistema de detecção de sintéticos estranhos. A RaviHyral tem muitos depósitos deles, então é um ótimo lugar para pesquisas.

"Sintéticos estranhos" eram elementos deixados por civilizações alienígenas. Para as mineradoras, saber diferenciá-los de elementos que ocorriam naturalmente era um problema. Assim como os restos da ocupação/civilização alienígena que GrayCris descobrira no meu último contrato, era proibido usá-los para desenvolvimento comercial. Isso era tudo que eu precisava saber, já que todos os trabalhos que já tivera envolvendo material alienígena só consistiam em ficar parado no lugar protegendo as pessoas que trabalhavam com eles. (TED tentou me explicar, e eu disse para deixar isso para depois, já que eu precisava prestar atenção.)

Rami continuou:

— Estávamos fazendo um bom progresso, mas de repente encerraram o contrato do nosso grupo sem aviso prévio e pegaram nossos dados...

Tapan gesticulou com as mãos.

— Todo o nosso trabalho! Mesmo o que não tinha nada a ver com o contrato...

— Basicamente, Tlacey roubou o trabalho, além de deletar a versão mais atual de nossos aparelhos — terminou Maro. — A gente tinha cópias de versões anteriores, mas perdemos o nosso trabalho mais recente.

— A gente chegou a abrir uma reclamação na Umro, mas está demorando uma eternidade para processar, e não sabemos se isso vai dar em alguma coisa — acrescentou Rami.

— Me parece que vocês deveriam consultar um advogado — respondi.

Não era uma ocorrência incomum. A minha empresa também minerava dados, mas não era tão atrapalhada ou óbvia a ponto de deletar o trabalho dos aparelhos dos criadores originais. Se fizessem isso, os criadores não voltariam para assinar mais apólices de seguro, que dariam à empresa acesso ao próximo projeto que fossem desenvolver.

— Pensamos em um advogado. Mas não estamos no sindicato, então seria caro. Só que ontem a Tlacey finalmente respondeu ao nosso pedido e disse que poderíamos receber os arquivos de volta se devolvêssemos o bônus da assinatura do contrato. Precisamos ir até RaviHyral para fazer isso. — Rami se inclinou na cadeira. — É por isso que queremos contratar você.

As coisas estavam começando a fazer sentido.

— Vocês não confiam em Tlacey.

— Só queremos ter alguém do nosso lado — esclareceu Tapan.

— Não, nós definitivamente não confiamos em Tlacey — rebateu Maro. — Nem um pouquinho. Precisamos de segurança quando chegarmos lá, para o caso de as coisas ficarem... delicadas. É para a própria Tlacey nos encontrar, e ela tem um séquito de guarda-costas, e não há segurança além da que Umro mantém nas áreas públicas e no porto, e mesmo assim não é lá grandes coisas.

Eu não sabia muito bem o que ela estava imaginando como situações "delicadas", mas todos os cenários que eu poderia imaginar não eram nada bons.

A empresa com a qual eu estivera oferecia UniSegs para que os clientes não precisassem contratar humanos para proteger uns aos outros. Pelo que tinha visto nas séries, se eu fizesse uma versão medíocre do meu trabalho, ainda assim seria melhor do que um humano.

Eu ainda estava nos observando através da câmera de segurança hackeada, mesmo que não estivesse permitindo que gravasse nada. Dava para ver que minha expressão era incerta, mas, nesse caso, acho que era o apropriado.

— A reunião com Tlacey poderia ser feita através de um canal de comunicação seguro — argumentei. A outra empresa também oferecia esse tipo de serviço para transferência de fundos ou dados.

Maro, cuja expressão era ainda mais desconfiada que a minha, respondeu:

— Poderia, mas Tlacey quer nos encontrar pessoalmente.

— Sabemos que não é uma boa ideia comparecer — admitiu Rami.

Era uma ótima ideia, se quisessem morrer. Eu estava torcendo para ser um trabalho fácil, como uma entrega ou algo semelhante. Porém proteger humanos que estavam determinados a fazer algo perigoso era exatamente o tipo de trabalho que fui criado para fazer. O trabalho que eu continuara fazendo, mais ou menos, com a menor frequência possível, mesmo depois que hackeara meu módulo regulador. Eu estava acostumado a ser útil, a cuidar das coisas, mesmo que fosse apenas uma obrigação contratual para um grupo de humanos que, se tivesse sorte, me tratariam mais como uma ferramenta do que como um brinquedo.

Depois da PreservaçãoAux, tinha me ocorrido como seria diferente fazer meu trabalho como um membro de verdade do grupo que eu estava protegendo. E esse era o motivo principal de eu estar ali.

Decidi falar como se fosse uma pergunta, porque fingir que você estava pedindo mais informações era o melhor jeito de tentar fazer os humanos entenderem que estavam fazendo algo muito imbecil.

— Então vocês acham que existe algum motivo para Tlacey querer fazer essa troca pessoalmente, fora... matar vocês?

Tapan fez uma careta, como se tivesse noção daquilo, mas estivesse tentando não pensar no assunto. Maro tamborilou os dedos na mesa e apontou para mim, o que foi vagamente alarmante até TED identificar aquilo como um gesto de concordância enfática. Rami ofegou, e disse:

— A gente acha que... não acabamos ainda, nosso processo estava incompleto, mas estávamos tão entusiasmados... Eles devem ter escutado o que discutimos usando os feeds de segurança e pensaram que estávamos bem mais adiante na pesquisa do que, de fato, estávamos. Então não sei se eles conseguem completar nossa pesquisa. Talvez tenham percebido que ela não vale muita coisa se não estivermos lá para terminar o trabalho.

— Talvez Tlacey queira que a gente trabalhe para ela de novo — disse Tapan, esperançosa.

Provavelmente, antes de ela assassinar vocês. Eu não disse isso em voz alta.

Maro bufou.

— Eu prefiro ir morar em uma caixa no centro comercial da estação do que trabalhar para ela de novo.

Quando começaram a falar sobre o assunto, não conseguiam mais parar. O trio estava completamente dividido no que fazer, o que era doloroso para todos, já que pareciam ter o hábito de concordar em tudo. Tapan, que segundo Maro era ingênua demais para esse mundo, achava que valia a pena. Maro, que segundo Tapan era uma barreira cínica tanto para a diversão quanto para o progresso, achava que estavam ferrados e deveriam só aceitar que tinham perdido. Rami não tinha se decidido, e era por isso que tinha tomado a posição de líder do coletivo enquanto aquele problema perdurasse. Rami não demonstrava entusiasmo diante da confiança depositada, mas estava fazendo o possível para cumprir seu papel.

Por fim, Rami encerrou a discussão:

— É por isso que queremos contratar você. Achamos que seria melhor irmos acompanhados de alguém que possa nos proteger, impedir que a equipe dela faça alguma coisa conosco, mostrar que temos apoio enquanto negociamos.

O que precisavam era de uma empresa seguradora disposta a firmar um contrato para protegê-los durante a reunião e a viagem de volta e que mandasse uma UniSeg para garantir a segurança de todos. Porém empresas seguradoras são caras e não teriam interesse em um trabalho pequeno como esse.

O grupo me encarou, preocupado. Vê-los através da câmera de segurança deixava evidente o quanto eram pequenos. Pareciam tão delicados, com todo aquele cabelo fofo e colorido. E tomados de nervosismo, mas não por minha causa.

— Vou aceitar o trabalho — respondi.

Rami e Tapan pareciam sentir alívio, e Maro, que claramente ainda não queria fazer isso, pareceu resignada.

— Quanto precisamos pagar? — Ela olhou para o resto do grupo, incerta. — No caso, a gente consegue pagar?

TED montara uma série de planilhas, mas eu não queria assustar ninguém dizendo um número muito alto.

— Quanto estavam pagando para vocês antes do contrato ser encerrado?

— Duzentos créditos por ciclo para cada trabalhador, delimitados pelos termos do contrato — disse Rami.

Não achei que demoraria mais do que um ciclo.

— Podem me pagar isso.

— A quota de um ciclo do contrato? — Rami se endireitou. — Sério?

Tal reação significava que eu tinha pedido uma mixaria, mas agora era tarde para corrigir o erro. Precisava dar um jeito de justificar por que estava disposto a aceitar um pagamento baixo, e decidi que uma verdade parcial era a melhor saída.

— Preciso ir para RaviHyral, e preciso de um vínculo empregatício para chegar até lá.

— Por quê? — perguntou Tapan, e Rami deu um cutucão nela como censura. — Sabe, sei que não temos o direito de perguntar, mas...

*Não temos o direito de perguntar*. Isso nunca foi algo que se aplicasse a mim antes da PreservaçãoAux. Escolhi dizer a verdade outra vez.

— Preciso fazer pesquisas por lá, para outro cliente.

Como TED, o grupo compreendia a ideia de pesquisa, especialmente pesquisas privadas, então não fizeram mais perguntas. Rami me informou que iriam para RaviHyral durante o próximo ciclo, e disse que solicitaria um comprovante de trabalho particular para mim. Combinei de encontrar o trio no centro comercial perto do acesso para a zona de embarque do transporte e então fui embora. Religuei a câmera ao sistema de segurança assim que me afastei.

Voltei para TED, me aconcheguei na minha cadeira favorita, e ficamos assistindo episódios de séries pelas três horas seguintes enquanto eu me acalmava. Ele monitorou o feed de alertas do aro de trânsito para o caso de alguém perceber o que eu era, mas nada aconteceu.

— *Eu avisei* — disse TED. De novo.

Eu o ignorei. Eu não tinha sido detectado, então era hora de pensar no restante do plano. Que agora envolvia manter meus novos clientes vivos.

# 5

ENCONTREI O GRUPO NA ZONA de embarque. Eu estava de mochila, que era parte de meu disfarce humano, mas a única coisa importante que levava comigo era a interface de comunicação de TED. Isso permitiria que nos comunicássemos enquanto eu estivesse em RaviHyral, além de continuar fornecendo acesso aos bancos de conhecimento de TED e a suas opiniões não solicitadas. Eu estava acostumado a ter um SysCentral e SysSeg como apoio, e TED os substituiria. (Sem o detalhe de que aqueles dois sistemas em parte eram projetados para me dedurar para a empresa e engatilhar punições através do módulo regulador. A liberdade de TED de opinar sobre tudo que eu fazia já me castigava o suficiente.) Inseri a interface de comunicação em um compartimento interno sob minhas costelas.

O trio que eu conhecera estava me esperando, cada pessoa carregando uma mochila ou bolsa pequenas, já que com sorte ficariam por lá por apenas alguns poucos ciclos. Esperei até que terminassem de se despedir dos outros membros do coletivo. Todos pareciam preocupados. O coletivo estava listado no feed social como um casamento em grupo e contava com cinco crianças de tamanhos variados. Assim que os outros partiram e Rami, Maro e Tapan ficaram, eu me adiantei.

— Tlacey comprou uma passagem para nós em um transporte público. — Rami me informou. — Isso pode ser bom sinal, certo?

— Claro — falei.

Era um péssimo sinal.

O comprovante de emprego me permitiu entrar na zona de embarque, e não havia escaneamento de armas. RaviHyral permitia armas particulares e tinha segurança reduzida em áreas públicas, o que era um dos motivos para grupos pequenos precisarem contratar consultores de segurança particulares para ir até lá. Enquanto nos aproximávamos da entrada do transporte, enviei um recado para TED:

— *Você consegue escanear o transporte para detectar alguma anomalia energética sem essa atividade alertar a segurança do aro de trânsito?*

— *Não, mas posso informar à segurança que estou fazendo diagnósticos e testando sistemas.*

Quando alcançamos a entrada da nave, TED relatou:

— *Sem anomalias, e 90% correspondem às determinações de fábrica.*

Aquilo era normal, e significava que, se houvesse um dispositivo explosivo, estava inerte naquele instante, escondido em algum lugar dentro do casco. Cinco outros trabalhadores convidados esperavam para entrar, e minha varredura não detectou nenhuma assinatura energética. Eles carregavam malas e mochilas cheias, indicando que estavam prontos para uma longa estadia. Deixei que entrassem primeiro, e então passei na frente de Maro e entrei no transporte, escaneando tudo conforme adentrava.

O transporte era dirigido por um bot, e a única tripulante era uma humana modificada que parecia estar ali apenas para verificar comprovantes de emprego e passagens. Ela olhou para mim e disse:

— Supostamente, era para vocês estarem só em três.

Eu não respondi, já que estava no meio de uma batalha com o sistema de segurança pelo controle do transporte. Era um sistema separado por completo do bot piloto, o que não era o padrão para os transportes com os quais estava acostumado.

Tapan ergueu o queixo.

— É nosso consultor de segurança.

Agora eu estava no controle do SysSeg do transporte e deletei sua tentativa de alertar o bot piloto e a tripulante que fora comprometido.

A tripulante fez cara feia, verificou o comprovante de novo, mas não discutiu. Entramos no compartimento onde os outros passageiros estavam se sentando, guardando seus pertences ou falando baixinho. Eu não eliminara nenhum deles como ameaças em potencial, mas seu comportamento estava bastante de acordo com o padrão.

Eu me sentei ao lado de Rami enquanto Tapan e Maro se acomodavam, e contatei TED outra vez.

— *Estou fazendo uma varredura por anomalias direcionadas e a situação está exemplar no momento* — disse TED no meu feed.

Isso significava que ele não encontrara nada na lua que estivesse mirando em nossa nave. Se esse era o plano, não aconteceria até estarmos nos movimentando. Se alguém disparasse uma arma na direção do aro de trânsito da superfície da lua, eu tinha bastante certeza de que geraria um problemão cheio de ramificações legais, e talvez até uma retaliação violenta e imediata da segurança do aro. Falei para TED pelo feed:

— *Se atirarem em nós durante a rota, não é como se pudéssemos fazer alguma coisa.*

TED não respondeu, mas a essa altura eu já sabia que isso significava alguma coisa. Continuei:

— *Você não tem um sistema de armamento.* — Não constava nada disso no diagrama. Ao menos no diagrama que TED deixava disponível no seu feed desprotegido. — *Ou tem?*

— *Tenho um sistema de desvio de detritos* — admitiu TED.

Só existe um jeito de desviar detritos. Eu nunca estive em uma nave armada, mas sabia que exigiam um nível completamente diferente de licenças e apólices de seguros. (Se uma delas atirar sem querer em uma coisa que não devia, alguém precisa pagar pelos danos.)

— *Você tem um sistema de armamento* — proclamei.

— *Para desvio de detritos* — repetiu TED.

Eu estava começando a me perguntar que tipo de universidade era a dona de TED, mas Rami estava me observando com preocupação.

— Está tudo bem? — perguntou.

Assenti e tentei ficar com uma expressão neutra.

Ao lado de Rami, Tapan se inclinou para a frente e perguntou:

— Você está no feed? Não consigo te encontrar.

— Estou em um canal particular com um amigo no aro que está monitorando a partida do transporte — respondi a ela. — Só me certificando de que está tudo em ordem.

Os humanos assentiram e se recostaram nos assentos.

O deque estremeceu, o que significava que o transporte se desacoplara do aro e começara a seguir seu caminho. Resolvi ficar de olho no bot piloto. Era um modelo com funções limitadas, e não era nada complexo, não chegando aos pés dos bots pilotos de transporte padrões. Falei para o SysSeg informar que eu fora autorizado pela segurança do aro, e o bot me cumprimentou alegremente. A tripulante estava sentada na cabine com o bot, utilizando o feed para resolver tarefas administrativas e lendo os downloads de suas redes sociais, mas não tínhamos um piloto humano a bordo.

Eu me recostei no assento e relaxei um pouco. Assistir séries era tentador, e pelos ecos que eu conseguia detectar no feed, era o que a maioria dos humanos estava fazendo. Porém eu queria continuar monitorando o bot piloto. Pode parecer um excesso de cautela, mas eu fui projetado para ser assim.

Então, depois de 24 minutos e 47 segundos de voo, enquanto estávamos nos aproximando do destino, o bot piloto guinchou e morreu quando um vírus fatal inundou seu sistema. O bot morreu antes que o SysSeg ou eu pudéssemos reagir; ergui uma barreira entre nós e o vírus bateu nela e voltou. Eu o senti registrar que a tarefa estava completa e então se autodestruir.

Ah, puta merda.

— *TED!* — chamei.

Usei o SysSeg para tentar agarrar os controles. Precisávamos corrigir a rota dentro de 7,2 segundos. A tripulante, que fora arrancada do feed pelos alarmes, encarou o painel horrorizada e então acionou o alerta de emergência. Ela não sabia pilotar um transporte. Consigo pilotar ortópteros e outros veículos aéreos de atmosfera, mas nunca recebi o módulo educativo para transportes ou outros veículos espaciais. Dei um cutucão no SysSeg, torcendo por uma ajudinha, e ele acionou todos os alarmes das cabines. Tá, isso não ajudou em nada.

— *Me deixe entrar* — disse TED, com a voz tranquila e calma, como se estivéssemos discutindo qual a próxima série que deveríamos assistir.

Nunca permiti que TED tivesse acesso irrestrito ao meu cérebro. Eu já o deixara alterar meu corpo, mas isso, não. Nós tínhamos três segundos, e a contagem regressiva diminuía. Meus clientes, os outros humanos no transporte... Deixei TED entrar.

A sensação foi como ter a cabeça enfiada embaixo d'água, como os humanos gostam de descrever em livros. Então passou, e TED estava no transporte, usando minha conexão com o SysSeg para ocupar o vazio deixado pelo bot deletado. TED fluiu para os controles, corrigiu a rota e ajustou nossa velocidade, e então detectou o farol de pouso e guiou o transporte para se aproximar do porto principal em RaviHyral. A tripulante acabara de conseguir falar com a Autoridade Portuária e ainda estava ofegante. A Autoridade tinha como aplicar rotinas de pouso emergencial, mas a janela de tempo tinha sido apertada demais. Eles não poderiam ter feito nada para nos salvar.

Rami tocou meu braço e perguntou:

— Você está bem?

Tinha fechado meus olhos com força.

— Estou — disse. Eu me lembrei que humanos geralmente esperam uma resposta mais elaborada do que isso de outros humanos, então apontei para os alarmes e acrescentei: — Tenho uma audição sensível.

Rami assentiu, em solidariedade. As outras duas estavam preocupadas, mas não houvera nenhum anúncio, e dava para ver nosso trajeto pelo feed do porto, que ainda estava mostrando que chegaríamos a tempo.

A tripulante tentou explicar para a Autoridade Portuária que houve uma falha catastrófica, que o bot piloto fora destruído, e ela não fazia ideia do motivo de o transporte continuar seguindo a rota normal em vez de se chocar com tudo contra a superfície lunar. O SysSeg tentou escanear TED e quase foi deletado por causa disso. Eu assumi o controle do SysSeg, desliguei os alarmes e então apaguei toda aquela viagem de sua memória.

Os passageiros murmuraram em alívio quando os alarmes pararam de tocar. Fiz uma sugestão para TED, que enviou um código de erro para a Autoridade Portuária, que nos designou um novo nível de prioridade e mudou nossa pista de atracagem das docas públicas para a doca de serviços emergenciais. Já que o vírus tinha a intenção óbvia de nos destruir na rota, talvez ninguém estivesse nos esperando na pista prevista, mas era melhor prevenir do que remediar.

O feed nos deixava ver o porto, que ficava dentro de uma caverna, esculpido na lateral de uma montanha, rodeado pelas torres de um sistema de defletores de detritos. (Um sistema de defletores de detritos de verdade, diferente do canhão elétrico escondido de TED, ou seja lá o que fosse.) As luzes de diversos andares das instalações portuárias cintilavam na escuridão, e transportes menores zumbiram para longe do nosso caminho enquanto fazíamos a descida seguindo o farol da Autoridade Portuária.

Maro estava me observando, os olhos atentos. Quando o aviso de alteração da pista de pouso apareceu no feed, ela se inclinou para a frente e perguntou:

— Você sabe o que aconteceu?

Felizmente, me lembrei que ninguém esperava que eu fosse obrigado a responder a todas as perguntas imediatamente. Um dos benefícios de ser um consultor de segurança humano modificado, em vez de uma UniSeg.

— Vamos falar sobre isso quando descermos do transporte — falei, e o grupo pareceu satisfeito com a resposta.

TED nos atracou na pista indicada pela Autoridade Portuária. Deixamos a tripulante do transporte tentando explicar para os técnicos de emergência o que tinha acontecido enquanto conectavam seus equipamentos de diagnóstico. TED já desaparecera, apagando qualquer evidência de sua presença, e o SysSeg estava confuso, mas pelo menos ainda estava intacto, diferente do coitado do bot piloto.

Funcionários dos serviços emergenciais e robôs perambulavam pela pequena zona de embarque. Consegui tirar meus clientes de lá e passar para uma passarela fechada e transparente na direção do porto principal antes que alguém pensasse em nos impedir. Eu já baixara um mapa do feed público e estava testando a resistência do sistema de segurança. A passarela dava vista para a caverna, com seus diversos andares e pistas de atracagem, e alguns transportes indo e vindo. Bem no fundo ficavam os transportadores grandes das instalações de mineração.

A segurança parecia ser intermitente e dependia do nível de paranoia de seja lá qual empreiteira operasse no território em que estivéssemos transitando. Isso poderia ser tanto uma vantagem quanto um desafio interessante. O feed de informações públicas do aro de trânsito me avisara que aparentemente muitos humanos carregavam armas por aqui e não havia nenhum ponto de fiscalização.

Chegamos em uma zona central, que possuía uma cúpula transparente alta dando vista para a caverna abobadada acima, com holofotes direcionados para exibir as veias minerais coloridas. Fiz uma varredura para me certificar de que nada estava nos gravando e impedi Rami de prosseguir. Etu e as outras ergueram o olhar para mim.

— A pessoa que vocês vão encontrar acabou de tentar matar vocês — declarei.

Rami piscou. Maro ficou de olhos arregalados, e Tapan ofegou, como se fosse discutir.

— O transporte foi infectado com um vírus letal — expliquei. — Destruiu o bot que pilotava. Eu estava em contato com um amigo que conseguiu usar meu feed modificado para baixar um novo módulo de piloto. Só por isso não tivemos uma colisão.

Um módulo poderia ter colocado o transporte em uma órbita segura, mas não seria sofisticado o suficiente para conseguir fazer aquele pouso complicado e impecável. Eu estava torcendo para que o trio não percebesse isso.

Tapan fechou a boca. Maro disse, chocada:

— Mas e os outros passageiros. A tripulante. Teriam matado todo mundo?

— Se vocês fossem as únicas fatalidades, o motivo teria sido óbvio — respondi.

Dava para ver que estavam começando a entender.

— Vocês deveriam voltar para o aro de trânsito imediatamente — propus.

Verifiquei o feed público, procurando um cronograma. Um transporte público partiria dali a onze minutos. Tlacey não teria tempo de rastrear meus clientes se agíssemos rápido.

Tapan e Maro olharam para Rami, que hesitou e depois travou a mandíbula e falou:

— Eu fico. Vocês duas vão embora.

— Não — disse Maro, de imediato. — Não vamos deixar você aqui.

— Nós três estamos nessa — acrescentou Tapan.

O rosto de Rami quase desmoronou, o apoio das duas fazendo etu vacilar mais do que a perspectiva de morrer. Rami se controlou e assentiu, firme. Então, olhou para mim e declarou:

— Vamos ficar.

Não reagi visivelmente, porque estou acostumado com meus clientes tomando péssimas decisões e tinha muita prática em controlar minhas expressões.

— Vocês não podem seguir para essa reunião. Perderam vocês quando o transporte não pousou na pista prevista. Precisam aproveitar essa vantagem.

— Mas precisamos da reunião — protestou Tapan. — Ou não vamos conseguir nosso trabalho de volta.

Sim, eu muitas vezes quero dar uma boa sacudida nos meus clientes. Não, eu nunca faço isso.

— Tlacey não tem nenhuma intenção de devolver o trabalho a vocês. Ela atraiu vocês até aqui para um assassinato.

— Eu sei, mas... — começou Tapan.

— Tapan, só fica quietinha e escuta — interrompeu Maro, claramente exasperada.

A determinação de Rami era evidente.

— Então o que fazemos? — perguntou.

Tecnicamente, esse problema não precisava ser meu. Eu já chegara até ali e não precisava mais de ninguém. Poderia deixar os humanos na multidão, e eles que lidassem sozinhos com sua ex-patroa homicida.

Porém eram meus clientes. Mesmo depois de hackear meu módulo regulador, eu continuara incapaz de abandonar clientes que eu não escolhera. Fiz um acordo com esses clientes como agente livre. Não podia ir embora. Soltei um suspiro por dentro.

— Vocês não podem encontrar Tlacey no território dela. É vocês que escolhem o lugar.

Não era o ideal, mas era o que dava para fazer.

Meus clientes escolheram uma área de alimentação no centro do porto. Ficava em um mezanino, com cadeiras e mesas organizadas em grupos, e displays flutuando acima delas exibindo diversos comerciais de serviços portuários e de empreiteiras, além de informações sobre diferentes instalações de mineração. Os displays também serviam para abafar gravações, então era um local popular para reuniões de negócios.

Rami, Tapan e Maro escolheram uma mesa e estavam remexendo com nervosismo as bebidas que pediram de um bot que pairava ali perto. Tinham feito uma ligação para Tlacey e estavam esperando que um representante chegasse.

O sistema de segurança nessa área pública era mais sofisticado do que o SysSeg do transporte, mas não muito. Eu conseguira entrar nele para monitorar o tráfego de emergência e ter a visão das câmeras focadas em nossos arredores imediatos. Eu me sentia bem confiante. Estava parado a três metros da mesa, fingindo que olhava um dos displays comerciais e examinando o mapa das instalações que eu encontrara no feed público. Havia muitos pontos de escavação abandonados marcados no mapa, além de acessos subterrâneos que aparentemente davam em lugar nenhum. A Fossa Ganaka deveria ser um desses.

No meu ouvido, TED disse:

— *Deve haver um acervo histórico disponível. A existência da Fossa Ganaka não teria sido apagada. A ausência seria óbvia demais para pesquisadores.*

Aquilo dependia do tipo de pesquisa. Era claro que alguém que trabalhava com sintéticos estranhos se importaria com o local onde foram encontrados, mas não necessariamente com qual empresa os escavara ou por que a empresa não estava mais por lá. Porém, não importava quem tivesse removido a Fossa Ganaka do mapa, seu objetivo teria sido esconder sua existência da imprensa, e não a apagar por completo da memória da população.

Os dados de TED estavam corretos; havia outras UniSegs nessa lua. O mapa mostrava logos de cinco empresas seguradoras que ofereciam UniSegs, incluindo a minha, em sete das instalações mais remotas onde a exploração de veias minerais ainda ocorria. Elas estariam presentes para defender as áreas de roubos e para impedir que os mineradores e outros funcionários ferissem uns aos outros como parte da garantia do seguro. Nenhuma UniSeg transitaria pelo porto, exceto como mercadoria inerte em caixas de transporte ou cubículos de reparo, então era uma preocupação a menos. Minhas configurações alteradas poderiam enganar humanos e humanos modificados, mas não outras UniSegs.

Se elas me vissem, alertariam seus próprios SysSeg. Não teriam escolha. E não iriam querer uma. Se alguém conhece o perigo verdadeiro que UniSegs representam, são outras UniSegs.

Foi aí que senti um *ping*.

Eu disse a mim mesmo que tinha confundido com algum outro alerta. Aí, aconteceu de novo. Esse é um *ah não* dos grandes.

Alguma coisa estava procurando por UniSegs. Não só robôs, especificamente UniSegs, e estava por perto. Não me contatara diretamente, mas, se eu tivesse um módulo regulador operante, teria sido compelido a responder.

Três humanos se aproximaram da mesa onde meus clientes estavam sentados. Rami sussurrou no feed:

— Essa é a Tlacey. Não achei que viria pessoalmente.

Dois dos humanos eram homens grandalhões, e um deles avançou em direção à mesa. Maro já o avistara e, pela expressão no rosto dela, sabia que não seria um cumprimento. Uma varredura mostrou que ele estava armado.

Eu me posicionei entre ele e a mesa. Ergui uma mão na altura do peito dele e disse:

— Parado.

Na maioria dos contratos, esse era meu limite nas interações com humanos até que fizessem contato físico. Porém você ficaria surpreso com a eficiência dessa tática, se feita do jeito certo. Mas eu estava acostumado a fazer isso usando armadura, com o capacete opaco. Parar ali com roupas humanas normais, com meu rosto humano à mostra, era uma coisa completamente diferente. Só que não era como se ele fosse capaz de me ferir no corpo a corpo, e ele ainda não empunhara uma arma.

Eu poderia ter rasgado ele ao meio como se fosse um lencinho.

Ele não sabia disso, mas deve ter visto pelo meu rosto que eu não tinha medo dele. Olhei a câmera de segurança para ver qual era minha expressão e decidi que eu parecia entediado. Isso não era incomum, porque eu quase sempre parecia entediado enquanto fazia meu trabalho; só era impossível detectar isso quando eu estava de armadura.

Ele mudou visivelmente de estratégia e perguntou:

— Quem é você, porra?

Meus clientes tinham afastado suas cadeiras da mesa e estavam de pé.

— É o nosso consultor de segurança — disse Rami.

O segurança deu um passo para trás, lançando um olhar incerto para os outros dois, o segundo guarda-costas humano e Tlacey, que era uma humana modificada.

Abaixei o braço, mas não me mexi. Estava com os três na mira, mas essa seria a pior das hipóteses. Ao menos para mim. Humanos deixam muitos detalhezinhos passarem, mas disparar armas de energia acopladas nos meus braços seria um indício meio gritante. Desviei só uma fração de atenção para escanear os feeds das câmeras de segurança em busca do que quer que fosse que tinha tentado contato comigo.

Vi uma imagem nas câmeras do outro lado da área pública, perto de um dos túneis de acesso. A figura que estava parada perto de uma área de assentos não correspondia em nada ao que eu estava esperando ver, e precisei avaliar outra vez antes de compreender. Não estava de armadura e sua configuração física não se adequava em nada ao padrão de uma UniSeg. Tinha muito cabelo, prata com azul e roxo nas pontas, afastado do rosto e trançado como o de Tapan, mas de um jeito bem mais complicado. As feições eram diferentes das minhas, mas o rosto de todas as Unidades eram diferentes, designadas aleatoriamente com base no material humano clonado que fora usado para fazer nossas partes orgânicas. Os braços eram lisos e não havia metal ou aberturas de armas. Não era uma UniSeg.

Eu estava olhando para um robô-sexy.

— *Essa não é a designação oficial* — disse TED.

A designação oficial era UniConforto, mas todo mundo sabe o que isso significa.

Robôs-sexy não têm permissão de andar por aí em áreas humanas sem receber ordens, assim como os robôs-assassinos. Alguém devia ter ordenado que fosse até ali.

TED me deu um cutucão forte o suficiente para fazer meu corpo se remexer no lugar. Saí do transe e repassei a gravação das câmeras para me atualizar do que estava acontecendo.

Tlacey tinha dado um passo em frente.

— E por qual motivo precisam de um consultor de segurança?

Rami respirou fundo. Entrei em seu feed, criando uma conexão particular entre etu, Tapan e Maro, e disse:

— *Não responda a essa pergunta. Não mencione a tentativa que fizeram no transporte. Foque nos negócios.*

Foi um impulso. Tlacey aparecera esperando um confronto raivoso; foi por isso que viera acompanhada de guardas armados. Agora nós tínhamos a vantagem; não estávamos mortos e eles estavam desnorteados, e nós queríamos que as coisas continuassem assim.

Rami respirou fundo, enviou uma confirmação no feed, e disse:

— Estamos aqui para falar sobre nossos arquivos.

Maro, que percebera o que eu estava tentando fazer, disse para Rami:

— *Continue, nem deixa eles se sentarem.*

Soando mais confiante, Rami prosseguiu:

— Deletar nosso trabalho pessoal não era parte do contrato. Mas vamos concordar com sua proposta e devolver o dinheiro do bônus da assinatura de contrato em troca dos nossos arquivos.

Na câmera de segurança, observei o robô-sexy se virar e deixar a área pública usando o túnel diretamente atrás dele.

— O bônus inteiro? — questionou Tlacey. Era óbvio que ela não esperava que concordassem.

Maro se inclinou para a frente.

— Abrimos uma conta com a Umro para guardar o valor. Podemos transferir direto para você assim que nos der os arquivos.

A mandíbula de Tlacey se mexia enquanto ela falava em seu feed particular. Os dois guarda-costas relaxaram. Tlacey deu um passo adiante deles e se sentou em uma cadeira na mesa de meus clientes. Depois de um instante, Rami se sentou, e Tapan e Maro seguiram a deixa.

Mantive parte de minha atenção na negociação e voltei ao feed público. Comecei a pegar dados antigos, procurando por atividades irregulares na época do meu contrato.

Enquanto meus clientes conversavam, e enquanto eu separava os dados e TED olhava por cima do meu ombro de novo, continuei observando as câmeras. Notei duas outras ameaças em potencial na área. Dois humanos modificados. Eu já notara três ameaças em potencial sentadas em mesas próximas. (Os três indivíduos mantinham uma falta de atenção curiosa no confronto acontecendo perto do centro da área de assentos. Os outros humanos e humanos modificados nos arredores imediatamente tinham se virado para observar com curiosidade escancarada ou disfarçada.)

TED me deu um cutucão.

— *Eu vi* — avisei para ele.

A busca tinha resultado em uma série de avisos postados perto da época correta. Eram alertas de mudanças nos carregamentos de materiais e suprimentos para instalações distantes que causariam alterações nas rotas de tubos dos passageiros. (O tubo era um sistema de trânsito de passageiros em pequena escala que conectava o porto aos centros de serviço e possuía linhas particulares que levavam até instalações de mineração mais próximas.) Avisos posteriores mencionavam uma rota nova que fora construída para compensar aquela alteração.

Era isso. Lendo nas entrelinhas, dava para ver que a empreiteira contratada construíra uma nova rota de tubo para contornar os túneis que levavam a uma instalação de mineração que fora fechada de repente. Só podia ser a Fossa Ganaka.

Outros fechamentos de fossas apareciam nas notícias locais e geravam um interesse excessivo nos feeds sociais especulando sobre declarações de falência e o efeito que teriam nas empresas de serviço associadas. Não havia nada sobre aquele fechamento. Alguém pagara para deletar aquelas postagens do feed público.

A conversa estava quase no fim. Tlacey ficou em pé, assentiu para meus clientes e se afastou da mesa. Observando Tlacey e os guarda-costas irem embora, Rami disse:

— Foi uma má ideia vir até aqui.

— Ela disse amanhã... — protestou Tapan.

Maro balançou a cabeça.

— São só mais mentiras. Ela não vai dar os arquivos para a gente. Ela poderia ter feito isso agora se fosse cumprir o acordo. Ela poderia ter feito pelo canal de comunicação enquanto estávamos no aro de trânsito. — Ela ergueu o olhar. — Eu não sabia se acreditava na sua história do transporte, mas agora...

Eu estava de olho no grupo de possíveis ameaças nas câmeras de segurança.

— Precisamos ir — falei para o grupo. — Vamos falar disso quando estivermos em outro lugar.

Enquanto saíamos, uma ameaça em potencial se levantou para nos seguir. Indiquei a TED que ficasse de olho nos outros, para o caso de não serem espectadores inocentes tão ocupados com seus próprios feeds que não tinham notado nada.

Eu traçara algumas rotas possíveis no mapa da estação, e minha favorita era atravessando um túnel de pedestres que fazia uma curva para longe das áreas de habitação principais. Havia muitos acessos através dele, levando a diferentes estações do tubo, mas não era uma rota popular. Eu me conectei ao feed de Rami e disse para seguir na direção da transferência, onde ficava o maior hotel. Escutando, Maro sussurrou:

— Não podemos pagar esse hotel.

— *Vocês não vão se hospedar lá* — falei pelo feed.

A propaganda disponível no feed público prometia um saguão com segurança máxima e um acesso fácil aos tubos que davam nas áreas de embarque do transporte público.

Chegamos ao túnel e começamos a percorrê-lo. Tinha cerca de dez metros de largura e quatro de altura, o meio da passarela era bastante iluminado, mas as laterais eram escurecidas pelas várias entradas ramificadas. As câmeras de segurança estavam ali, mas o sistema que as monitorava não era sofisticado. A minha empresa teria cagado nas calças com o risco que isso representava para clientes com contratos, e a oportunidade perdida de minerar dados das conversas.

Havia outros humanos no túnel. Alguns eram mineradores usando macacões e jaquetas com os logos de diversas instalações, mas a maioria eram civis em roupas de trabalho, provavelmente técnicos ou funcionários das companhias de apoio. Eles se movimentavam muito rápido e em grupos.

Depois de oito minutos de caminhada, a maioria dos humanos no túnel tinha saído pelos diferentes pontos de acesso. Mandei um recado pelo feed:

— *Continuem andando e não parem. Encontro vocês no saguão.*

Fiquei para trás, perto de um dos túneis escuros que se ramificavam. Meus clientes continuaram andando e não olharam para trás, embora eu sentisse que Tapan queria fazer isso.

Pelas câmeras, observei Ameaça Potencial/Novo Alvo caminhar pelo túnel, andando rapidamente. Dois outros humanos se juntaram a ele, agora designados como Alvo Dois e Alvo Três. Eles passaram por mim, e eu saí do tubo de acesso e os segui à distância. Fiz uma varredura à procura de armas energéticas e não encontrei nada. Os três alvos usavam jaquetas e calças com bolsos grandes. Marquei sete localizações onde poderiam carregar facas ou bastões extensíveis.

Quando avistaram meus clientes, os alvos desaceleraram, mas continuaram andando. Eu sabia que estavam provavelmente reportando para alguém no feed, querendo ordens. Seja lá quem fosse, não tinha controle das câmeras de segurança, pelo menos por enquanto.

Também continuei andando, observando os alvos com os olhos e com as câmeras de segurança, e me vigiando para ter certeza de que não estava chamando atenção e ninguém mais me seguia. TED ficou em silêncio, embora eu sentisse que estava interessado em me ver trabalhando.

O último grupo de mineradores entre os alvos e eu se virou para acessar um dos tubos. Estávamos em uma curva, e não havia mais ninguém entre meus clientes e a próxima curva (a uns cinquenta metros); as câmeras de segurança me mostraram que o túnel atrás de mim também estava vazio. Eu precisava acabar logo com isso. Virei no acesso ao tubo, seguindo atrás dos mineradores.

Parei logo no começo da passagem enquanto os mineradores entravam na cápsula. A porta fez um sibilo quando fechou e a cápsula se afastou. Na visão da câmera de segurança, a mandíbula do Alvo Dois se mexia, indicando que estava falando apenas em seu feed. Então o feed das câmeras se apagou.

Virei a esquina de volta para o túnel e comecei a correr.

Eu estava assumindo um risco, mas sabia disso, já que não tinha como eu correr na minha velocidade máxima sem revelar que não era humano. Porém cheguei na hora em que o Alvo Um alcançou Rami e agarrou a manga de sua jaqueta. Quebrei os braços do alvo e meti um cotovelo no queixo dele, depois, o arremessei contra o Alvo Dois, que se virara na minha direção, empunhando a faca que pretendia usar para atacar Maro. O Alvo Dois esfaqueou acidentalmente o Alvo Um (estou só chutando; talvez eles não se gostassem mesmo). Alvo Dois cambaleou de lado; soltei o Alvo Um e então quebrei a patela do Alvo Dois. Alvo Três teve tempo de erguer o bastão e me acertou do lado esquerdo da cabeça e do ombro, o que, beleza, me irritou um pouco, mas já levei trancos piores de robôs transportadores por acidente. Bloqueei o segundo golpe com meu braço esquerdo, quebrei a clavícula dele com um soco, e então esmigalhei o osso do quadril com outro.

Ele teve sorte de eu não estar muito irritado.

Todos os três alvos estavam no chão, e o Alvo Dois era o único que ainda estava consciente, apesar de estar encolhido em posição fetal e choramingando. Eu me virei para meus clientes.

Rami cobria a mão com a boca, Maro estava congelada no lugar, encarando o estrago, e Tapan estava com as mãos erguidas no ar. No feed, eu instruí:

— *Vão para o hotel e esperem por mim no saguão. Não corram, andem normalmente.*

Maro saiu do estupor primeiro. Ela assentiu com força, agarrou o braço de Rami e deu uma cutucada no ombro de Tapan. Rami se virou para ir embora, mas Tapan se deteve.

— Segurança? — perguntou ela.

Eu sabia o que ela estava perguntando.

— Eles falaram para alguém desligar as câmeras. É por isso que vocês precisam ir embora agora.

O feed público no aro de transporte informara que não havia um sistema de segurança centralizado, mas as empresas que forneciam segurança para as diferentes instalações de serviços e empreiteiras supostamente deveriam se responsabilizar pelas áreas públicas mais próximas de seus territórios. Era óbvio que seja lá quem ajudara os alvos a cortar o feed das câmeras escolhera aquele lugar com cuidado por ser distante de qualquer assistência imediata. Eu não esperava uma reação instantânea, mas precisávamos seguir caminho relativamente rápido.

— Vamos — sussurrou Rami, e o trio começou a andar, caminhando rápido, mas sem correr.

Eu me virei para o alvo que ainda estava consciente e pressionei a artéria no pescoço dele até ele desmaiar.

Comecei a me afastar, andando em um ritmo normal. Minha conexão com o sistema de câmeras foi suficiente para deletar o arquivo temporário das câmeras na frente e atrás da que fora desativada. Isso ajudaria a encobrir o problema para qualquer um que tentasse descobrir o que aconteceu. Porém Tlacey me vira, e ela saberia. Eu só estava torcendo para que as crianças me escutassem dessa vez.

---

Cheguei na área de transferência, onde diversos túneis de acesso e estações de tubo se encontravam, com barracas espalhadas vendendo comida enlatada, interfaces de feed, artigos de higiene e outras coisas que humanos gostavam. Não estava lotado, mas havia um fluxo constante de pedestres. A entrada do hotel ficava do outro lado.

O saguão do hotel fora construído sobre diversas plataformas que tinham vista para uma escultura holográfica de um abismo, cheio de estruturas cristalinas gigantescas saindo das paredes. Pelos comentários no feed, era para ser educativo, mas eu tinha sérias dúvidas se as escavações mineradoras em RaviHyral tinham essa aparência. Ainda mais depois que os robôs mineradores começavam a trabalhar.

Meus clientes estavam na mesma plataforma da área do check-in, ao lado do corrimão que circundava o abismo artificial, sentados em um pufe que parecia mais um objeto decorativo do que um móvel.

Eu me abaixei na frente do grupo.

— Eles iam nos matar — disse Rami.

— De novo — falei.

Rami mordeu o lábio.

— Eu acreditei em você quando falou sobre o transporte. Eu acreditei...

— Mas agora você viu — constatei.

Eu sabia do que Rami estava falando. Havia uma diferença abismal entre saber que uma coisa tinha acontecido, e ver na realidade. Até mesmo para UniSegs.

Maro esfregou os olhos.

— É, a gente foi imbecil. Tlacey nunca ia devolver nossos arquivos em troca do bônus.

— Não mesmo — concordei.

Rami a cutucou de leve.

— Você estava certa.

Maro parecia ainda mais deprimida.

— Eu não queria estar.

— Estamos ferrados — disse Tapan, infeliz.

— Estamos saindo dessa com vida — disse Rami, enquanto passava um braço ao redor de Tapan, depois disse, olhando para mim: — O que fazemos agora?

— Vou tirar vocês daqui — respondi.

6

GUIEI OS HUMANOS PARA AS pistas de transporte público primeiro e então segui adiante, em direção às docas particulares. Verificando os cronogramas, TED encontrara um transporte adequado. Era particular, mas a frequência com que ia e vinha do aro de trânsito sugeria que o dono era um empreendedor que oferecia transporte privativo em troca de pagamento.

Isso se provou verdade, o que permitiria que Rami, Maro e Tapan fossem embora sem que os comprovantes de emprego fossem escaneados. Provavelmente seria seguro, a essa altura, colocar o trio em um transporte público, desde que não houvesse um aviso prévio de qual escolheriam. Vírus não conseguiam atravessar o feed para infectar um transporte; existiam proteções demais para esses casos. Seja lá quem tivesse plantado o vírus para nos matar na chegada, teve que inseri-lo diretamente, através de uma porta de conexão dentro da cabine do transporte.

Porém sou programado para ser paranoico. Esse transporte particular não tinha só a vantagem do anonimato, mas também um piloto humano modificado, que estaria a postos caso alguma coisa interferisse com o bot piloto. Além de TED, que já estava fazendo amizade com o tal bot e estaria de olho no transporte durante aquela breve viagem. (Considerando que o jeito de TED de "fazer amizade" era um tanto autoritário, precisei intervir uma vez para assegurar o bot piloto de que o transporte grande e malvado prometera não o machucar.)

— Você não vem com a gente? — perguntou Rami, na pequena área de embarque.

As docas particulares eram sujas e pequenas se comparadas às docas da Autoridade Portuária, cheias de manchas nas repartições de metal e algumas luzes no teto rochoso estavam queimadas ou fracas. Humanos e alguns robôs circulavam pela passarela acima de nós, e eu continuava vigiando as duas saídas através das câmeras de segurança. O transporte já tinha atracado na plataforma, e a escotilha estava aberta. Um humano modificado pequeno estava parado na rampa, recolhendo o dinheiro. Seis outros passageiros já haviam entrado, e precisei de uma parte considerável do meu autocontrole para simplesmente não pegar meus clientes nos braços e carregá-los para dentro.

— Eu ainda preciso fazer pesquisas aqui. Vou voltar para o aro de trânsito quando tiver terminado — respondi.

— Como vamos pagar você? Quer dizer, ainda podemos pagar depois de... tudo? — perguntou Maro. — *Depois de tentarem nos matar* — acrescentou ela no nosso feed compartilhado.

— Vou verificar meu perfil social quando estiver no aro — disse, e me senti bem por sequer ter lembrado que isso existia. — Me mandem um recado por lá, e encontro vocês quando voltar.

— É só que, eu sei que nós... — Tapan olhou em volta. A expressão dela era tensa e infeliz, a linguagem corporal parecendo quase desesperada. — Não podemos ficar aqui, mas eu também não posso desistir. Nosso trabalho...

— Às vezes as pessoas fazem coisas com você que fogem do seu controle. A única saída é sobreviver e seguir em frente — respondi.

Todos pararam de falar e me encararam. Aquilo me deixou nervoso, e imediatamente troquei minha visão para a da câmera mais próxima para que pudesse nos observar de longe. Eu dissera aquilo com mais ênfase do que queria, mas o mundo era assim. Eu não tenho certeza do motivo de aquilo ter causado tanto impacto. Talvez tenha soado como se estivesse falando por experiência. Talvez fossem as duas tentativas de assassinato.

Então, Maro assentiu, franzindo a boca, séria. Ela e Rami se encararam, e Rami assentiu, com tristeza.

— Precisamos voltar para encontrar os outros e descobrir o que vamos fazer a seguir — disse Maro. — Procurar um novo trabalho.

— Vamos começar do zero — acrescentou Rami. — Conseguimos uma vez, podemos fazer tudo de novo.

Tapan parecia querer discutir, mas estava deprimida demais para brigar.

Os humanos queriam se despedir e me agradecer muito, e eu os guiei pela rampa enquanto faziam isso e observei Rami pagar pelas passagens com um cartão monetário que o tripulante pressionou na interface. Então, estavam todos a bordo.

A escotilha se fechou e o feed do transporte sinalizou que estava em modo pós-embarque, esperando autorização para partir. Voltei pela rampa, seguindo na direção da passarela. Eu precisava pegar o tubo até a área onde os túneis haviam sido desviados e começar a procurar pela Fossa Ganaka. Era um alívio saber que meus clientes estavam voltando em segurança, mas era estranho estar sozinho de novo, trabalhando para ninguém a não ser eu mesmo.

Voltei até o acesso do tubo e entrei na cápsula seguinte que parou na estação. Cada cápsula tinha vinte assentos, além de barras superiores nas quais se segurar. A gravidade era ajustada dentro da cabine para compensar o movimento. Eu me sentei com os outros sete humanos que já estavam a bordo. TED disse no feed:

— *O transporte zarpou. Vou monitorar o seu feed, mas a maior parte da minha atenção estará focada em acompanhar a viagem do grupo.*

Enviei uma nota de reconhecimento. Estava tentando isolar o motivo de me sentir tão inquieto. Encurralado em um espaço fechado pequeno com humanos? Sim. Sem meus drones? Sim. Meu gigantesco Transporte Exploratório Desgraçado estava ocupado demais para me ouvir reclamar? Sim. Precisava me concentrar no que estava fazendo, então não podia assistir séries? Sim. Porém a questão não era essa. Eu não tinha feito um bom trabalho para meus clientes. Tivera uma oportunidade, e fracassara. Como uma UniSeg, eu era responsável pela segurança de meus clientes, mas não tinha autoridade para fazer nada além de dar sugestões e tentar usar os regulamentos corporativos do SysSeg para coibir a estupidez suicida e os impulsos homicidas dos humanos. Dessa vez, eu tinha tanto responsabilidade quanto autonomia, e ainda assim fracassara.

Disse a mim mesmo que estavam vivos, que eu só não recuperara os dados, o que não era bem parte do trabalho para o qual me contrataram. Mas isso não ajudou.

Saí do tubo no ponto final do circuito. Era uma toca de túneis que, de acordo com o mapa, levava a diversos tubos privativos que acessavam as fossas de mineração mais distantes. Só alguns humanos desembarcaram ali, e todos seguiram imediatamente pelo túnel para o ponto de transferência mais próximo. Eu segui na outra direção.

Passei a hora seguinte hackeando câmeras e barreiras de segurança, entrando e saindo de túneis incompletos, muitos ainda com alertas sobre a qualidade do ar. Por fim, localizei um que continha evidências de uso como acesso de mineração. Era grande o bastante para os maiores robôs transportadores, e todas as câmeras de segurança e luzes estavam desligadas. Enquanto eu caminhava por ele, passando por pedras e destroços de metal, senti o feed público se desconectar.

Parei e verifiquei minha linha de comunicação com TED, mas tudo que eu recebia era estática. Não achei que era uma tentativa deliberada de bloquear minha conexão ao resto da instalação; eu já experimentara esse tipo de desligamento antes, e a sensação era diferente. Acho que o túnel estava tão abaixo da superfície que os feeds e comunicadores precisariam de roteadores de energia para se conectar, e os que estavam lá não deviam mais funcionar. Algo ali na frente ainda tinha energia, porque meu feed recebia sinais intermitentes com avisos automáticos. Continuei andando.

Precisei passar por outra barreira de segurança, mas logo encontrei um tubo de acesso de carga e consegui abrir as portas de correr. Uma pequena cápsula de passageiros ainda estava ali. Não era usada havia muito tempo, tempo o bastante para que a água e o lixo espalhado no carpete se juntassem e florescessem em algo esponjoso. Caminhei até o compartimento dianteiro, onde estavam os controles manuais de emergência. Ainda tinha bateria, embora pouca carga. Fora deixada ali, esquecida, morrendo lentamente no escuro enquanto as horas continuavam passando.

Não que eu estivesse tendo pensamentos mórbidos nem nada assim.

Verifiquei para ter certeza de que a cápsula não estava atrelada a nenhum sistema de segurança ativo e então a liguei. Grunhiu à vida, levantando-se no ar, e começou a percorrer o túnel escuridão adentro, seguindo sua última rota programada. Eu me sentei no banco e esperei.

---

Finalmente a varredura do tubo identificou um bloqueio à frente e acionou um código de alarme. Eu tinha cinco episódios de séries dramáticas diferentes, duas comédias, um livro sobre a história da exploração de vestígios alienígenas na Orla Corporativista e um reality show de competição de arte de Belal Terciário Onze na fila, pausados, enquanto eu na verdade assistia o episódio 206 de *Santuário Lunar*, que eu já vira outras 27 vezes. Sim, eu estava um pouco nervoso. Quando o tubo começou a desacelerar, endireitei minha postura.

Os faróis iluminavam uma fileira de barricadas de metal, com sinais fluorescentes pintados nelas, que lançavam uma enxurrada de alertas no meu feed. Risco de radiação, risco de rochas caindo, risco de contaminação biológica. Fiz com que a escotilha de emergência se destravasse para mim e saltei no chão de pedregulhos. Fiz uma varredura procurando assinaturas de energia e ajustei minha visão para conseguir enxergar além da tinta neon. Havia um buraco três metros adiante, um pedaço mais escuro no metal. Era pequeno, mas não precisei deslocar nenhuma articulação para me embrenhar por ali.

Segui pelo túnel até a plataforma que fizera parte do acesso para passageiros. Mais adiante, havia um conjunto de portas de dez metros de altura, grandes o suficiente para os veículos e robôs transportadores maiores passarem, e para os carregamentos de minerais brutos saírem. O acesso contava com uma estrutura para descarregamento de carga que ainda estava estendida, e eu a usei para subir até a plataforma de passageiros. Tudo ali estava coberto por uma camada de pó e umidade, que não mostrava nenhum rastro recente. Vi caixas seladas de uma entrega de suprimentos com logos de diversas empreiteiras, ainda empilhadas na plataforma. Uma máscara respiratória estava descartada ao lado delas. Minhas partes humanas estavam sentindo um frio inquietante que não era nada confortável. Esse lugar era sinistro. Lembrei a mim mesmo que a coisa terrível que provavelmente acontecera ali tinha sido eu mesmo.

Por algum motivo, isso não ajudou.

Não havia energia suficiente para abrir as portas, mas a alavanca manual para liberar o acesso de passageiros ainda funcionava. Não havia luzes no corredor também, mas as paredes estavam pintadas com marcadores brilhantes, cuja função era guiar todos para fora no caso de uma falha catastrófica. Alguns haviam se apagado com o tempo, outros estavam esmaecendo. A ausência de qualquer atividade no feed além dos alertas emitidos pelas pinturas era vagamente perturbadora; fiquei pensando na habitação de DeltFall e fiquei feliz por TED ter feito aquele ajuste na minha porta de conexão.

Segui o corredor até o polo central da instalação. Era uma área grande sob uma cúpula, e estava escura, exceto pelos marcadores no chão que já se apagavam. Não havia restos humanos, claro, mas os destroços estavam esparramados por todo o lugar: ferramentas, pedaços quebrados de plástico, o braço de um robô transportador. Corredores se abriam como cavernas escuras em todas as direções. Eu não sentia que já tinha estado ali antes, nenhuma sensação de familiaridade. Identifiquei as passagens que levavam à fossa de mineração e então os corredores que seguiam para os aposentos pessoais e escritórios. Mais adiante estava o depósito de equipamentos.

A queda de energia causara o destravamento das portas corta-fogo, mas seja lá quem fizera a limpeza depois as deixara fechadas, por isso, precisei empurrar cada uma delas para abrir. Depois da área de manutenção dos robôs transportadores, encontrei a sala de segurança. Entrei e congelei. Na penumbra, entre os compartimentos vazios de armamento e os painéis faltantes no chão onde o reciclador costumava ficar, vi formas familiares. Os cubículos ainda estavam ali.

Eram dez deles, alinhados na parede mais distante, grandes caixotes brancos e lisos, as luzes fracas dos marcadores cintilando nas superfícies gastas. Eu não sabia por que minha confiabilidade de atuação estava diminuindo, por que era tão difícil me mexer. Então percebi que era porque achava que os outros ainda estavam ali.

Era um pensamento completamente irracional, e teria confirmado a opinião negativa que TED tinha das capacidades mentais dos construtos. Eles não deixariam nenhuma UniSeg ali. Éramos caras demais e perigosas demais para sermos abandonadas por completo. Se eu não estava trancado dentro de um desses cubículos, com as partes orgânicas do meu cérebro sonhando, e o restante inerte e impotente, então os outros também não estariam ali.

Ainda assim, foi difícil me forçar a atravessar a sala e abrir a primeira porta.

A cama de plástico lá dentro estava vazia, a energia havia muito interrompida. Abri cada uma delas, mas estavam todas do mesmo jeito.

Eu me afastei depois de abrir a última. Queria enterrar meu rosto nas mãos, deslizar até o chão e me afogar em séries, mas não fiz isso. Depois de doze longos segundos, aquele sentimento intenso se atenuou.

Não entendia o porquê de eu ter entrado ali. Eu precisava procurar por servidores de dados e arquivos que pudessem ter sido deixados para trás. Verifiquei os armários de armas só para me certificar de que não havia nada útil, como um pacote de drones, mas todos estavam vazios. Uma troca de tiros deixara marcas nas paredes, e havia uma pequena cratera causada por um projétil explosivo ao lado de um dos cubículos. Então, voltei na direção dos escritórios.

Encontrei o centro de controle da instalação. Superfícies de display quebradas estavam espalhadas pela sala, assim como cadeiras viradas e interfaces estilhaçadas. Um copo de plástico ainda estava em cima da mesa, ileso, como se esperasse que alguém o pegasse de novo. Humanos não conseguem trabalhar inteiramente no feed equilibrando múltiplas tarefas, da forma como eu e robôs como TED conseguimos. Alguns humanos modificados implantam interfaces que lhes dão essa capacidade, mas nem todos os humanos querem coisas inseridas no cérebro deles, vai entender. Assim, precisam dessas superfícies para projetar aquilo em que estão trabalhando. E o servidor de dados deveria estar em algum lugar por aqui.

Escolhi uma das mesas, endireitei uma cadeira e peguei o pequeno kit de ferramentas que eu resgatara no estoque da tripulação de TED e trouxera comigo no bolso maior da calça. (Armaduras não têm bolsos, então parabéns para as roupas humanas normais.) Eu precisava de uma fonte de energia para que aquele posto ficasse operacional de novo e, felizmente, eu tinha a mim mesmo.

Usei as ferramentas para abrir um acesso nas armas energéticas do meu braço direito. Fazer isso com uma mão só era complicado, mas já precisei fazer coisas piores. Usei um cabo para me conectar ao acesso emergencial do controle, e então a estação começou a zumbir conforme era ativada. Eu não conseguia abrir o feed para controlá-la diretamente, mas estiquei a mão até encostar na projeção brilhante e encontrei o caminho para o arquivo de gravações do sistema de segurança. As gravações tinham sido apagadas, mas eu já esperava por isso.

Comecei a verificar todos os outros dados armazenados, só para o caso de não terem sido os técnicos da empresa os responsáveis por apagar o SysSeg. A empresa quer que tudo seja gravado, seja o trabalho no feed ou as conversas, tudo mesmo, para que possam aproveitar as informações. A maior parte é inútil e acaba sendo deletada, mas o SysSeg precisa guardar as gravações até que os bots de análise de dados possam repassar tudo, e, para isso, é normal que o SysSeg roube espaço dentro dos outros sistemas para armazenar dados temporariamente.

E ali estavam eles, escondidos no espaço de armazenamento do SysMed dedicado a downloads de procedimentos não convencionais. (Em teoria, se o SysMed precisasse fazer o download de um procedimento de emergência para um paciente, o SysSeg trocaria os arquivos de lugar, mas às vezes não agia a tempo e parte dos dados era perdida. Se você é uma UniSeg e você gosta de seus clientes e quer manter algo que disseram ou fizeram (ou que você disse ou fez) longe da empresa, esse é um dos muitos jeitos de fazer com que os arquivos acidentalmente desapareçam.)

O SysSeg devia ter transferido os dados minutos antes da queda de energia. Tinha muito material, e eu pulei as conversas aleatórias e os dados das operações de mineração até o fim, e depois voltei um pouco. No feed, dois técnicos humanos discutiam uma anomalia, um código que não parecia estar associado a nenhum sistema e cujo upload fora feito manualmente. Estavam tentando descobrir de onde aquilo tinha vindo e especulando, com vocabulário carregado de profanidades, que a instalação fora bombardeada por malwares. Uma técnica disse que iria notificar o supervisor e que precisavam isolar o SysSeg, e a conversa acabou ali, no meio da frase.

Aquilo... não era o que eu estava esperando. Eu presumira que uma falha do meu módulo regulador tivesse causado o massacre que a empresa chamava eufemisticamente de "incidente". Porém será que eu, de fato, tinha derrubado outras nove UniSegs, além de todos os robôs e qualquer humano que teria tentado me impedir? Não parecia muito provável. Se as outras UniSegs sofreram a mesma falha, foi porque ela tivera origem externa.

Salvei aquela conversa nos meus arquivos internos, verifiquei os outros sistemas em busca de mais arquivos perdidos, mas não encontrei nada, e então me desconectei da mesa.

A sala de preparos de segurança fora completamente esvaziada, mas havia outros lugares que eu poderia checar. Eu me afastei do console.

Enquanto passava por outra porta, notei os pontos de impacto na parede oposta e as manchas no chão. Alguém — ou alguma coisa — capaz de aguentar um nível alto de ferimentos tinha escolhido aquele lugar para ser seu último posto, tentando defender o centro de controle. Talvez nem todas as UniSegs tivessem sido afetadas.

No corredor perto dos alojamentos, encontrei a outra sala de preparos, a que era voltada para as UniConforto.

Ali dentro estavam quatro formas que eram claramente cubículos, só que menores. As portas estavam abertas, e as camas de plástico lá dentro estavam vazias. No canto havia espaço para um aparelho de reciclagem, mas não havia armários de armas, e os espaços de depósito eram todos diferentes.

Fiquei parado no meio da sala. Os cubículos dos robôs-assassinos estavam todos fechados, inativos. O que significava que nenhuma das UniSegs estava danificada naquele momento, e que todas estavam em uso — em patrulha, de guarda ou na sala de preparos, parados fingindo que não estavam olhando uns para os outros. Porém os cubículos dos robôs-sexy estavam todos abertos, o que significava que estavam ali dentro quando a emergência ocorrera, e a energia fora cortada. Quando a energia cai, é possível abrir os cubículos manualmente por dentro, mas não é possível fechá-los de novo.

Significa que foram abertos durante o "incidente".

Usei a arma energética no meu braço outra vez para ativar a caixa-preta do primeiro cubículo. Eu não tinha nem de longe energia suficiente para ligar a coisa toda, mas a caixa-preta serve para guardar registros de erros ou desligamentos se alguma coisa der errado durante um reparo. (Dá para usá-la para muitas outras coisas se você tiver hackeado seu módulo regulador, como guardar temporariamente suas mídias para que os técnicos humanos não as encontrem.) O SysSeg poderia ter salvado algo lá antes da falha catastrófica.

A caixa-preta foi usada, sim, mas pelas UniConfortos, para fazer download de seus dados durante o incidente.

As informações estavam todas fragmentadas e eram difíceis de compreender, até que entendi que as UniConforto estavam se comunicando entre si.

Fiquei lá por cinco horas e 23 minutos, encaixando os fragmentos de dados.

Um código vindo de outra instalação de mineração fora baixado nas UniConfortos, supostamente um *patch* comprado de um fornecedor terceirizado. As unidades registraram aquilo como irregular e solicitaram que fosse revisado pelo SysSeg e pelo analista de sistemas humano, mas os técnicos que baixaram o *patch* ordenaram que fosse aplicado. No fim, era um malware bem disfarçado. Não afetara as UniConfortos, mas usara o feed delas para pular para o SysSeg e infectá-lo. O SysSeg infectara as UniSegs, bots e drones, e todas as coisas na instalação capazes de se movimentar perderam o controle.

No meio de toda a correria, dos tiroteios e dos humanos gritando ao fundo, as UniConfortos conseguiram analisar o malware e descobriram que sua função era pular delas para os robôs transportadores e então desligá-los. Aquilo interromperia as operações por tempo suficiente para que outra instalação de mineração conseguisse enviar sua remessa de mercadoria primeiro. Tinha sido uma tentativa de sabotagem, não um massacre planejado. Só que um massacre acontecera.

Os humanos conseguiram enviar um alerta para o porto, mas ficou evidente que a ajuda não chegaria a tempo. As UniConfortos notaram que as UniSegs não estavam agindo em conjunto e também estavam atacando umas às outras, enquanto os robôs aleatoriamente se lançavam contra qualquer coisa que se mexesse. As Uni-Confortos decidiram que restaurar o SysSeg às configurações de fábrica via interface manual era a melhor opção.

Essas unidades tinham o físico mais forte do que humanos, mas não mais do que uma UniSeg ou um robô. Elas não tinham armas embutidas, e, por mais que pudessem pegar uma arma de projéteis ou energia e usá-las, não tinham acesso a nenhum módulo educativo sobre como armas funcionam. Podiam pegar uma, tentar mirar, puxar o gatilho e torcer para que a trava de segurança não estivesse ativada.

Os registros chegavam ao fim aqui, um a um. Uma delas sinalizara que tentaria desviar a atenção de uma UniSeg, e três enviaram avisos de reconhecimento. Uma ouviu gritos vindos da central de controle e foi tentar salvar os humanos encurralados ali, e duas reconheceram a ação. Uma ficara na entrada do corredor para tentar ganhar tempo para que a outra chegasse ao SysSeg, e uma reconheceu a ordem. Uma reportou ter chegado ao SysSeg, e então mais nada.

Recebi um alerta de energia baixa do meu próprio sistema e percebi quanto tempo já fazia que eu estava ali. Desconectei o cabo do cubículo e saí da sala. Trombei no batente da porta e na parede.

Algum acordo deve ter sido feito por baixo dos panos, talvez a mineradora que enviou o malware tenha pagado pelos danos e pela indenização do seguro, que deve ter sido uma quantia tão alta que precisou fechar as portas. Talvez a empresa tivesse pensado que aquilo era punição o bastante.

Caminhei de volta até o tubo, entrei e comecei um ciclo de recarregamento. Assim que eu tinha capacidade o bastante, voltei a assistir o episódio 206 de *Santuário Lunar*.

O tubo ficou sem energia e morreu logo antes do acesso, mas felizmente eu estava de volta a

97% de capacidade àquela altura. Saí e corri o resto do caminho. Correr não era tão cansativo para mim como era para humanos, mas demorei 58 minutos a mais para chegar no acesso bloqueado do que teria levado com o tubo.

Fora um ciclo longo e péssimo, e eu estava pronto para dá-lo por encerrado. Minha vontade de sair daquela mina era só um pouco menor do que deve ter sido da primeira vez que estivera ali.

Eu já atravessara a barreira de segurança e estava caminhando pelo túnel quando meu feed se reconectou. Enviei um alerta para avisar TED que eu estava de volta.

TED disse:

— *Temos um problema.*

7

LOCALIZEI O PROBLEMA NO SAGUÃO do hotel principal.

Tapan estava em uma das plataformas superiores, sentada em um banco com estofado redondo, a mochila ao lado dos pés, parcialmente coberta por outra escultura holográfica de uma formação gigantesca de cristais. Ela ergueu o olhar para mim e disse:

— Ah, oi. Eu não sabia se os outros iam conseguir falar com você.

Já que eu não estava presente no transporte, TED não conseguira acesso visual ao compartimento de passageiros. (Como era um veículo particular sendo usado de forma questionável, e talvez até abertamente ilegal, como transporte público, não havia um sistema de segurança ou câmeras internas.) TED não soubera que

Tapan não estava a bordo até o momento em que o transporte chegou ao aro de trânsito. Levando sua responsabilidade a sério, TED mandara um drone para a área de embarque para supervisionar a chegada de meus clientes e encontrara Rami e Maro, duas pessoas claramente bravas e abaladas, mas nenhum sinal de Tapan. Então, verificara o perfil de Eden no feed social e encontrara uma mensagem de Rami. (Tapan dissera que estava sentindo enjoo e ia usar o compartimento sanitário no transporte. Ninguém percebeu o que tinha acontecido até o transporte já ter se afastado do porto.)

— Deixaram um recado — falei.

Eu tinha a intenção de só ficar parado ali encarando Tapan, que era o que UniSegs faziam com clientes que acabaram de cometer uma estupidez tão imensa que beirava o suicídio logo após ordenar que não os impedíssemos. Porém ela estava com cara de que sabia que tinha feito uma estupidez, e eu precisava saber.

— O que aconteceu? — perguntei.

Ela ergueu o olhar, claramente esperando uma reação negativa.

— Recebi uma mensagem no meu feed, através do perfil social que eu tinha quando estávamos trabalhando aqui. Uma pessoa que trabalha para Tlacey, um amigo, disse que tinha cópias dos arquivos e que poderia nos entregar.

Ela encaminhou a mensagem para o meu feed.

Eu a verifiquei com cuidado. Sugeria um encontro no ciclo seguinte.

Senti que esse era um momento em que um humano suspiraria, então suspirei.

— Eu sei que pode ser uma armadilha, mas talvez não seja? Eu o conheço, ele não é o melhor cara do mundo, mas ele odeia a Tlacey. — Ela hesitou. — Você pode me ajudar? Por favor? Eu entendo se você disser que não. Eu sei que não estou sendo... Eu sei que essa pode ser uma péssima ideia.

Tinha me esquecido de que agora poderia escolher, que não era obrigado a fazer o que ela quisesse só porque ela estava ali. Aquele pedido para que eu ficasse, junto de um agradecimento e uma abertura para recusar, me surpreendeu quase tanto quanto um humano pedindo pela minha opinião e, de fato, me escutando. Suspirei outra vez. Eu estava tendo diversas brechas para suspirar e acho que estava ficando bom nisso.

— Vou ajudar você. Mas primeiro precisamos encontrar um lugar seguro.

Tapan tinha um cartão monetário do aro de trânsito que não estava ligado a nenhuma conta de RaviHyral e, portanto, não era rastreável. Ao menos era isso que ela achava, e eu estava torcendo para que estivesse certa. Nunca recebi nenhum módulo educativo sobre sistemas financeiros, e, considerando que nossos módulos eram uma merda de qualquer forma, não sei se teria ajudado. TED pesquisou e encontrou resultados contraditórios. Cartões monetários podiam ser rastreados, mas normalmente apenas por entidades políticas não corporativistas ou entidades corporativas. Decidi que provavelmente era ok usar o cartão. Se a mensagem não fosse uma armadilha, Tlacey devia achar que meus clientes estariam de volta ao aro de trânsito nessa altura. Se fosse uma armadilha, eles sabiam que poderiam nos pegar quando fôssemos para a reunião, então era um desperdício nos procurar antes disso.

Tapan usou o cartão para pagar por um quarto temporário na quadra ao lado do porto.

Enquanto ela passava o cartão no quiosque de vendas e recebia a nossa designação de quarto, fiquei parado atrás dela avaliando a área. Os quartos temporários ficavam em um antro estreito de corredores, tão diferente do hotel principal quanto um transporte de carga normal era diferente de TED. Não havia um SysSeg do qual me apossar, e contava com apenas uma câmera na entrada. Eu nos deletei de sua memória, mas ainda sentia que nós — ou eu — podíamos ter sido notados em algum momento. Talvez fosse só a paranoia inerente de uma UniSeg rebelde e fugitiva.

Tapan nos guiou até o quarto. Havia outros humanos parados nos corredores mal iluminados, e alguns pareceram querer se aproximar dela, mas então me viram e mudaram de ideia. Eu era maior do que eles e, sem câmeras, ainda era difícil controlar minha expressão.

TED disse:

— *Diga para a humana não tocar em nenhuma superfície. Pode ser que vetores de doenças estejam presentes.*

No caminho até o quarto, compartilhei a gravação do que encontrara na Fossa Ganaka. TED disse:

*— Isso é uma boa notícia. Você não foi o culpado.*

Eu concordava, pelo menos em parte. Achei que estaria me sentindo melhor sobre isso. No geral, eu só me sentia horrível.

Assim que entramos no quarto e trancamos a porta, vi os ombros de Tapan relaxarem e ela respirou fundo. O quarto era só uma caixa quadrada com acolchoados guardados em um armário para sentar ou dormir, e uma pequena superfície de display. Nenhuma câmera ou vigilância de áudio. Havia um banheiro minúsculo anexado ao quarto, com um coletor de resíduos e um chuveiro. Ao menos tinha uma porta. Eu precisaria fingir usá-lo ao menos duas vezes. Sim, essa seria a cereja do bolo em toda a diversão daquele dia. Criei um cronograma e acionei um alarme para me lembrar de fazer isso.

Tapan jogou a mochila no chão e se virou para me encarar.

— Eu sei que você está com raiva.

Tentei moderar minha expressão quando respondi:

— Não estou com raiva.

Eu estava furioso. Pensei que meus clientes estavam em segurança, que estava livre para me preocupar com meus próprios problemas, e agora eu tinha que cuidar de uma humana minúscula que seria impossível de abandonar.

Ela assentiu e afastou as tranças.

— Eu sei que... Olha, eu sei que Rami e Maro ficaram com ódio da minha decisão. Mas não é como se eu não estivesse com medo, então isso é bom.

No meu feed, TED disse:

— *Quê?*

— *Não faço ideia* — respondi. Para Tapan, perguntei em voz alta: — E como isso é bom?

— Na creche, nossas mães sempre disseram que o medo era uma condição artificial — explicou ela. — É externo, imposto pelo ambiente. Então é possível lutar contra ele. Você deve ir atrás daquilo que te dá medo.

Se um bot com um cérebro do tamanho de um veículo tivesse olhos para revirar, era o que TED estaria fazendo.

— Esse não é o propósito do medo — respondi.

Nós não recebíamos um módulo educativo sobre evolução humana, mas eu procurara nos bancos de conhecimentos do SysCentral aos quais tivera acesso, em uma tentativa de compreender o que é que tinha de errado com os humanos. Não ajudara em nada.

— Eu sei, é para ser uma mensagem inspiradora — disse ela.

Tapan olhou em volta e foi até o armário com os acolchoados. Ela os tirou de lá, deu uma fungada desconfiada e então pegou uma cápsula de aerossol de um bolso da mochila e os pulverizou.

— Esqueci de perguntar, você conseguiu fazer a pesquisa que queria fazer aqui?

— Consegui. Foi... inconclusivo.

Foi conclusivo, quase condenatório, mas não teve o efeito revelador que eu estava estupidamente esperando. Eu a ajudei a tirar o restante dos acolchoados do armário.

Nós os espalhamos no chão e nos sentamos. Ela me encarou e mordeu o lábio.

— Você é modificado mesmo, né? Tipo, muito. Tipo, mais do que alguém escolheria fazer por vontade própria.

Não era bem uma pergunta.

— Hum, sim — respondi.

Ela assentiu.

— Foi um acidente?

Eu percebi que estava abraçando meu próprio corpo e me inclinando para o lado, como se quisesse ficar em posição fetal. Não sei por que aquilo era tão estressante. Tapan não tinha medo de mim. Eu não tinha motivos para ter medo dela. Talvez fosse por estar ali de novo, por ter revisitado a Fossa Ganaka. Alguma parte do meu sistema orgânico se lembrava do que acontecera ali. No feed, TED deu play na trilha sonora de *Santuário Lunar*, e de uma forma estranha, aquilo ajudou.

— Eu estava no perímetro de uma explosão — respondi. — Na verdade, não existem muitas partes humanas em mim.

Aquelas duas declarações eram verdade.

Ela se remexeu de leve, como se estivesse dividida sobre o que dizer, e então assentiu outra vez.

— Desculpe por ter metido você nessa. Eu sei que você sabe o que está fazendo, mas... eu preciso tentar. Preciso ver se esse cara realmente está com os nossos arquivos. Só dessa vez, e depois eu volto para o aro de trânsito.

No meu feed, TED desligou a trilha sonora para dizer:

— *Jovens humanos podem ser impulsivos. O truque é mantê-los vivos por tempo o bastante para que se tornem humanos velhos. É o que minha tripulação me diz, e minhas próprias observações parecem confirmar o fato.*

Não dava para discutir com os ensinamentos da tripulação ausente de TED. Eu me lembrei que humanos possuem necessidades e perguntei:

— Você comeu?

Ela comprara alguns pacotes de refeição com o cartão monetário e os guardara na mochila. Ela me ofereceu um e eu disse que minhas modificações requeriam que eu fizesse uma dieta especial, e ainda não era hora de eu comer. Ela aceitou aquilo com facilidade. Aparentemente, humanos não gostam de conversar sobre ferimentos catastróficos ou sistemas digestivos, então não precisei usar nenhum dos detalhes que TED tinha acabado de pesquisar para mim. Perguntei se ela gostava de mídias e ela disse que sim, então enviei alguns arquivos para a superfície de display no quarto, e nós assistimos aos três primeiros episódios de *Atravessa-mundos*. TED ficou satisfeito, e eu conseguia senti-lo no meu feed, comparando as reações de Tapan à série com as minhas.

Quando Tapan disse que queria tentar dormir, desliguei o display. Ela se enroscou no acolchoado e eu me deitei no meu, e continuei assistindo a série no feed com TED.

Duas horas e 43 minutos depois, senti um *ping* vindo do lado de fora da porta.

Eu me sentei tão abruptamente que Tapan acordou com um sobressalto. Fiz um gesto para que ficasse quieta, e ela se acomodou de volta no acolchoado, abraçada na mochila e parecendo preocupada. Levantei e fui até a porta, tentando escutar. Não consegui ouvir nenhuma respiração, mas havia uma mudança nos ruídos de fundo que me dizia que havia algo sólido do outro lado da porta de metal. Com muita cautela, fiz uma varredura limitada.

Sim, tinha algo do outro lado, mas nenhum sinal de armas. Verifiquei o *ping* e vi que era a mesma assinatura que eu identificara na área pública durante a reunião com Tlacey.

O robô-sexy estava parado do outro lado da porta.

Ele não poderia ter me seguido esse tempo todo. Talvez tivesse vigiado as câmeras de segurança à minha procura, me rastreando esporadicamente ao longo do porto depois que voltei à zona de cobertura. Aquele não era um pensamento reconfortante.

Com certeza pertencia a Tlacey. Se estava me vigiando, não teria visto Tapan saindo inesperadamente do transporte particular, mas a teria notado quando nos encontramos no hotel principal ou no caminho até o quarto. Droga.

Porém agora eu tinha essa informação. Se não tivesse me enviado um *ping*, eu não teria percebido o que estava em jogo.

— *Por que ele está aqui?* — perguntei para TED.

— *Presumo que essa seja uma pergunta retórica* — respondeu TED.

Só havia um jeito de descobrir. Enviei um reconhecimento em resposta.

Segundos se passaram. Então o robô tentou se conectar ao meu feed. Era cauteloso, uma conexão quase incerta. Ele disse:

— *Eu sei o que você é. Quem mandou você?*

— *Fui contratado por um indivíduo particular. Por que está se comunicando comigo?* — perguntei.

UniSegs no mesmo contrato não conversam entre si, em voz alta ou no feed, a não ser que seja absolutamente necessário para fazer nosso trabalho. A comunicação com unidades em contratos diferentes deve ser feita através do SysCentral que estiver no controle. E UniSegs não interagem com UniConfortos de forma alguma.

Será que era um robô-sexy rebelde? Se era rebelde, então por que estava ali em RaviHyral? Eu não sabia por que alguém se voluntariaria para ficar ali, incluindo os humanos. Não, era mais lógico que Tlacey fosse dona de seu contrato e tivesse mandado o robô para matar Tapan.

Se tentasse atacar minha cliente, eu o quebraria em pedacinhos.

Tapan, sentada no acolchoado e me observando preocupada, mexeu os lábios sem pronunciar as palavras: *O que foi?*

Abri um canal seguro entre nós e disse:

— *Alguém está do lado de fora da porta. Não sei bem o motivo.*

Isso era na maior parte verdade. Eu não queria dizer a Tapan o que era, já que isso me levaria a contar para ela o que eu era, coisa que eu não queria fazer. Em todo caso, se eu precisasse destruir o robô na frente dela, era provável que tivesse que dar muitas explicações.

— *Esse é você* — respondeu o robô-sexy e me enviou uma cópia de um noticiário público.

Era um noticiário da estação, de Porto ComércioLivre. Dessa vez, a manchete dizia: AUTORIDADES CONFIRMAM UMA UNISEG SEM SALVAGUARDA CUJA LOCALIZAÇÃO É DESCONHECIDA.

— *Oh-oh* — disse TED.

Fechei a notícia por reflexo, como se aquilo fizesse com que ela deixasse de existir. Depois de três segundos de choque, eu me obriguei a abri-la outra vez.

“Sem salvaguarda” é como chamam UniSegs rebeldes quando querem que humanos prestem atenção, em vez de começar a gritar loucamente. Significava que a informação de que eu hackeara meu módulo regulador não estava mais confinada a mim e aos membros da PreservaçãoAux. Deveriam estar no estágio onde todos os membros dos dois grupos de pesquisa que sobreviveram estavam sendo entrevistados e precisariam oferecer uma garantia de crédito para assegurar que estavam dizendo a verdade.

Então agora a empresa sabia que eu hackeara meu módulo regulador. Isso era aterrorizante, embora esperado. Era um dos motivos pelos quais Mensah fizera questão de me tirar do inventário e do centro de distribuição assim que completei o processo de reparo e reconstrução.

Por mais que algo seja previsível, ver acontecer é uma experiência diferente — uma lição que eu aprendi na primeira vez que alguém atirou em mim até me despedaçar.

Li a história por alto, apavorado, e então li outra vez com mais atenção. Advogados de diversos lados das batalhas legais e civis em andamento solicitaram à Preservação que apresentasse a UniSeg que gravara todas as evidências que pesavam contra GrayCris. Isso era inusitado. Não é como se UniSegs pudessem ser testemunhas nos tribunais. Nossas gravações são admissíveis, assim como as gravações feitas por drones ou câmeras de segurança ou qualquer outro dispositivo inerte, mas não é como se devêssemos ter uma opinião ou uma perspectiva sobre o que gravamos.

Depois de muito vai e vem, a advogada de Mensah admitira que tinha perdido meu rastro. Adotaram um discurso de que eu fora "liberado sob minha própria responsabilidade, já que construtos são considerados seres sencientes sob a lei da Preservação", mas os jornalistas também não se deixaram enganar por aquilo. Havia uma série de links para artigos relacionados sobre construtos, UniSegs e UniSegs rebeldes. Não havia menção de que aquela unidade em particular tinha cometido um pequeno erro ao assassinar clientes que supostamente estavam sob sua proteção antes, mas eu tinha a sensação de que era muito provável que a empresa já tivesse destruído qualquer registro relacionado à Fossa Ganaka, então uma liminar não revelaria nada.

— Você está falando com... essa pessoa? — sussurrou Tapan.

— Estou — respondi para ela. Para o robô-sexy, eu disse: — *Essa história é interessante, mas não tem nada a ver comigo.*

— *É você. Quem enviou você para cá?* — perguntou o robô-sexy.

— *A notícia é sobre uma UniSeg rebelde perigosa. Ninguém a mandaria para lugar nenhum* — respondi.

— *Não estou perguntando porque quero reportar você. Não vou contar para ninguém. Estou perguntando porque... não tem nenhum humano controlando suas ações? Você é livre?*

Eu conseguia sentir TED no meu feed, cuidadosamente se expandindo na direção do robô-sexy.

— *Eu tenho um cliente* — respondi. Eu precisava distrai-lo enquanto TED procurava informações. Mesmo que fosse um robô-sexy, ainda era um construto, ainda era um conceito bem diferente de um bot piloto. — *Quem enviou você? Foi a Tlacey?*

— *Sim. Ela é minha cliente.*

Que contratou uma UniConforto, e não uma UniSeg. Mandar uma UniConforto em uma situação dessas era moralmente irresponsável e uma clara violação de contrato. Imaginei que o robô-sexy sabia disso.

TED disse:

— *Não se rebelou. O módulo regulador está ativado. Então provavelmente está dizendo a verdade.*

— *Você consegue hackeá-lo daí?* — perguntei para TED.

Fez-se uma pausa de meio segundo enquanto TED explorava aquela ideia. Então respondeu:

— *Não, não consigo estabilizar a conexão daqui. Poderia me impedir cortando o próprio feed.*

Eu disse ao robô-sexy:

— *Sua cliente quer matar minha cliente.*

Sem resposta.

— *Você contou para Tlacey sobre mim* — afirmei.

O robô-sexy deve ter reconhecido o que eu era durante aquele primeiro encontro. Se não tinha certeza antes, ver os danos que eu causei nos três humanos que Tlacey enviara teria sido a confirmação da qual precisava. Eu estava fervilhando, mas mantive isso fora do feed. Como explicara para TED, robôs e construtos não podem confiar uns nos outros, então não sei por que aquilo estava me deixando com raiva. Eu adoraria que o fato de ser um construto me tornasse menos irracional do que um humano médio, mas você deve ter percebido que esse não é o caso.

— *Sua cliente mandou uma UniConforto para fazer o trabalho de uma UniSeg* — disse.

— *Ela não sabia que precisava de uma UniSeg até hoje* — rebateu o robô, e depois acrescentou: — *Contei a ela que você era uma UniSeg, mas não disse que você tinha se rebelado.*

Eu me perguntei se tinha como acreditar naquilo. E também me perguntei se o robô tentara explicar para Tlacey a impossibilidade daquela tarefa.

— *Qual é sua proposta?*

Houve uma pausa. Uma pausa longa, de cinco segundos.

— *Nós poderíamos matá-los.*

Bom, aquilo era uma solução incomum para o dilema dele.

— *Matar quem? Tlacey?*

— *Todos eles. Os humanos aqui.*

Eu me apoiei na parede. Caso eu fosse humano, teria revirado os olhos. Só que, se eu fosse humano, talvez fosse imbecil o suficiente para achar que aquilo era uma boa ideia.

Eu também me perguntei se seus conhecimentos sobre mim iam muito além do pouco que estava no noticiário.

Detectando minha reação, TED perguntou:

— *O que ele quer?*

— *Matar todos os humanos* — respondi.

Eu conseguia sentir TED metaforicamente segurando seu sistema central. Se não houvesse humanos, então não haveria tripulação a proteger, e nenhum motivo para fazer pesquisas e encher seus bancos de dados. TED disse:

— *Isso é irracional.*

— *Eu sei* — falei. — *Se os humanos morressem, quem ia fazer as séries?*

Era uma ideia tão absurda que parecia algo que um humano diria.

Hum.

Eu disse ao robô-sexy:

— *É assim que Tlacey acha que os construtos falam uns com os outros?*

Fez-se outra pausa, só de dois segundos dessa vez.

— *Sim.* — E então: — *Tlacey acredita que você ficou para trás para roubar os arquivos do grupo de tecnologia. O que você fez por tanto tempo fora da área de cobertura do feed?*

— *Estava me escondendo.* — Tá, tudo bem, não era minha melhor mentira. — *Tlacey sabe que você quer matá-la?*

Pode até ser que a coisa de "matar todos os humanos" tenha saído de Tlacey, mas a intensidade por trás da frase era real, e eu não achava que era direcionada a todos os humanos.

— *Ela sabe* — afirmou o robô. — *Eu não falei a ela sobre sua cliente, ela acha que todos foram embora no transporte. Ela só queria que eu seguisse você.*

Um pacote de código chegou pelo feed. Não dá para infectar um construto com malware desse jeito, não sem enviá-lo através de um SysCentral ou do SysSeg. Mesmo dessa forma, eu teria que aplicar o código, algo que não seria possível me forçar a fazer sem ordens diretas e sem um módulo regulador funcional. O único jeito de aplicar um código sem minha anuência seria inserindo um módulo de combate crítico na minha entrada de dados.

Poderia ser um vírus letal, mas eu não era um simples bot piloto, e aquilo só me deixaria muito irritado. A ponto de arrancar uma porta da parede e rasgar a cabeça de uma UniConforto.

Eu poderia só deletar o pacote, mas queria descobrir o que era, só para saber o quanto eu deveria me enfurecer. Era pequeno o bastante para a interface de um humano dar conta, então eu o repassei para Tapan. Em voz alta, eu disse:

— Preciso que você isole isso para mim. Não abra ainda.

Ela sinalizou a concordância pela conexão e puxou o pacote para o armazenamento temporário. Outra característica de vírus e malwares é que não conseguem afetar humanos e humanos modificados.

O robô-sexy não dissera mais nada, e eu mandei um *ping* bem a tempo de sentir que ele recolhera seu feed. Estava se afastando pelo corredor.

Esperei até ter certeza, e então me afastei da porta. Avaliei se era melhor ficar ali ou se devia mudar Tapan de quarto. Agora que eu sabia que alguma coisa estava hackeando as câmeras de segurança para me observar, eu poderia aplicar contramedidas. Provavelmente deveria ter feito isso desde o princípio, mas você deve ter notado que, para um robô-assassino aterrorizante, eu fazia muitas cagadas.

— Ele já foi — avisei Tapan. — Pode verificar esse pacote de código para mim?

Ela estava com aquele olhar que humanos têm quando estão absortos no seu feed. Depois de um minuto, ela disse:

— É um malware. Bem padrão... talvez achassem que poderia cortar suas modificações, mas é uma coisa bem amadora para Tlacey. Espera aí. Tem uma mensagem codificada, anexada ao pacote.

TED e eu aguardamos. O rosto de Tapan fez alguma coisa complicada e, por fim, demonstrou preocupação.

— Isso é esquisito — disse ela.

Ela se virou para o display e fez o gesto completamente desnecessário que alguns humanos não conseguem evitar fazer quando enviam alguma coisa do seu feed para uma tela.

Era a mensagem anexada, e tinha quatro palavras.

POR FAVOR, ME AJUDE.

Eu nos transferi para um quarto diferente, perto de uma saída de emergência, em outro setor do hotel. O robô-sexy poderia estar atento para qualquer hackeamento, então retirei a placa de acesso, quebrei manualmente a trava, e coloquei a placa de volta no lugar enquanto Tapan ficava vigiando o corredor. Assim que entramos, contei a Tapan uma parte do que o robô-sexy dissera, principalmente sobre como ele afirmara que Tlacey não sabia que Tapan continuava ali. (Eu não disse a ela que nosso visitante tinha sido um robô-sexy porque Tlacey descobrira o que eu era e não queria mais desperdiçar guarda-costas humanos comigo.)

— Mas nós não sabemos se isso é verdade, nem se esse agente não vai contar a Tlacey que você está aqui agora.

— Mas por que ele contou qualquer coisa a você, para começo de conversa? — Tapan parecia confusa.

Aquela era uma excelente pergunta.

— Não sei. Esse agente não gosta de Tlacey, mas esse pode não ser o único motivo — respondi.

Tapan mordeu o lábio, pensativa.

— Acho que eu ainda deveria tentar encontrar nosso contato. Só faltam quatro horas para a reunião.

Eu estou acostumado com humanos querendo fazer coisas que podem causar sua morte. Talvez acostumado demais. Sabia que deveríamos ir embora naquele momento. Porém eu precisava de tempo para hackear o sistema de segurança o suficiente para despistar o robô-sexy. Com isso feito, parecia errado não esperar mais um pouco até a reunião, e Tapan estava confiante o bastante de que Tlacey não sabia nada sobre o assunto. Confiante o bastante.

Provavelmente era uma armadilha.

Eu precisava pensar. Falei para Tapan que iria dormir um pouco e me deitei de lado no meu pedaço do acolchoado. Meu ciclo de recarregamento não é óbvio, mas não se parece com um humano dormindo, então o que eu ia fazer, na verdade, era deixar alguma mídia tocando no fundo do meu feed enquanto trabalhava nas contramedidas de segurança e estudava meu antigo módulo de avaliação de risco.

Depois de 32 minutos, escutei movimentos. Achei que era Tapan levantando para usar a instalação do banheiro, mas então ela se acomodou no acolchoado atrás de mim, sem de fato tocar minhas costas. Eu tinha configurado minha respiração para soar profunda e estável, como a de um humano dormindo, com algumas variações aleatórias ocasionais para aumentar a verossimilhança, então o fato de eu ter paralisado em choque não era óbvio.

Nenhum humano nunca havia me tocado — ou quase me tocado — assim antes, e era muito, muito estranho.

— *Acalme-se* — disse TED no feed, inutilmente.

Eu estava paralisado demais para responder. Depois de três segundos, TED acrescentou:

— *Ela está assustada. Você é uma presença reconfortante.*

Ainda estava paralisado demais para responder TED, mas aumentei a temperatura do meu corpo. Durante as duas horas seguintes, ela bocejou duas vezes, deu uma respiração profunda, e ocasionalmente roncou. Ao fim daquele período, mudei minha respiração e me mexi um pouco, e ela imediatamente saiu do meu acolchoado e voltou para o dela.

Àquela altura, eu tinha um plano. Ou quase isso.

Convenci Tapan de que eu deveria comparecer à reunião, e ela deveria pegar um transporte público o mais rápido possível até o aro de trânsito. Ela estava relutante.

— Não quero te abandonar — disse ela. — Você só se envolveu nessa história por nossa causa.

Aquilo me atingiu com tanta força que minhas partes internas se retesaram. Precisei me inclinar e fingir que estava vasculhando a mochila para esconder minha expressão. O protocolo de emergência da empresa permite que os clientes abandonem suas UniSegs caso necessário, mesmo em situações em que a empresa talvez não consiga recuperá-las. Tapan estava me fazendo pensar em Mensah, gritando que não ia me deixar para trás.

— Vai me ajudar muito mais se você voltar para o aro de trânsito — afirmei.

Demorou um tempo, mas finalmente a convenci de que aquela era a melhor alternativa para nós dois.

Tapan saiu do hotel primeiro, usando as duas jaquetas extras que tinha na mochila para mudar sua silhueta e com a cabeça coberta por um capuz, para esconder o cabelo e ocultar o rosto. (Isso era mais para fazê-la se sentir confiante, e porque eu não queria ter que explicar o quanto conseguira assumir controle do sistema de segurança completamente fajuto de RaviHyral.) Eu a observei através das câmeras de segurança até vê-la chegar nas docas públicas a cerca de cem metros de distância, percorrer uma passarela até a área de embarque e então entrar em um transporte que partiria dali a 21 minutos. TED me enviou uma confirmação quando assumiu os controles do transporte para proteger o bot piloto outra vez. Depois disso, eu saí do hotel.

Eu preparara um hack para as câmeras de segurança muito mais sofisticado do que o método que eu estivera usando até aquele ponto. Envolvia entrar no sistema operacional e configurar um atraso de um décimo de segundo, e então deletar Tapan das filmagens e substituir por partes aleatórias de gravações anteriores. Daria certo porque o robô-sexy escaneava as gravações da mesma forma que eu, fazendo uma busca por configurações corporais. Eu não correspondia mais ao padrão de UniSegs, mas o robô-sexy tivera bastante tempo para escanear minhas novas configurações durante aquele primeiro encontro com Tlacey.

Naquele momento, eu queria que a atenção do robô-sexy estivesse focada em mim, e não nas docas públicas. Deixei que as câmeras me acompanhassem saindo do porto e voltando para o tubo de acesso. Então, comecei a instaurar meu hack.

Eu só tinha 97% de certeza de que aquela reunião era uma armadilha.

8

QUANDO CHEGUEI NO PEQUENO BALCÃO de serviços alimentícios no distrito terceirizado, localizei um humano que correspondia à imagem que Tapan me enviara pelo feed. Enquanto eu me sentava na mesa, ele ergueu o olhar para mim, com uma expressão nervosa, o suor acumulando na testa pálida.

— Tapan não pôde vir — comecei a falar, e então enviei para o feed dele uma breve gravação que Tapan fizera com a própria interface.

A gravação a mostrava do meu lado no quarto do hotel, segurando meu braço e explicando que os arquivos poderiam ser entregues a mim. Caramba, eu parecia desconfortável.

O olhar dele se desfocou enquanto verificava a gravação, e logo depois seu corpo relaxou de leve. Ele deslizou um cartão de memória para mim. Eu o aceitei e verifiquei as câmeras.

Nada. Nenhuma ameaça em potencial, ninguém demonstrando interesse na interação. O balcão servia bebidas com muitas bolhas dentro e proteína frita no formato de fauna e flora aquática. Todo mundo estava ocupado conversando ou comendo. Não havia ninguém suspeito no corredor ou na área do shopping do lado de fora, ninguém observando ou esperando.

Aquilo não era uma armadilha.

O humano falou, inseguro:

— Será que a gente deveria pedir alguma coisa? Para não parecer que a gente está... sabe?

— Ninguém está observando, você pode ir embora — respondi para ele e fiquei em pé. Eu precisava voltar ao porto.

Se isso não era uma armadilha, então a armadilha verdadeira estava em algum outro lugar.

No caminho de volta para as docas, verifiquei o cronograma. O transporte agora estava listado como atrasado.

Quando cheguei na área de embarque, já tinha repassado as gravações de segurança da hora que Tapan entrara no transporte. Nas minhas próprias câmeras, enxerguei o robô-sexy vindo na minha direção do outro lado da passarela.

Eu chegara na parte da gravação onde dois humanos com identificação da Autoridade Portuária haviam impedido a saída do transporte e retirado Tapan de lá. TED saiu do transporte e voltou para o meu feed, dizendo:

— *Se eu tivesse drones armados, isso seria mais fácil.*

Quando o robô-sexy me alcançou, eu perguntei:

— Onde ela está?

— No transporte particular de Tlacey. Vou te mostrar.

Eu o segui na passarela, descendo por uma rampa que se dividia e levava às docas particulares. TED perguntou no feed:

— *Por que está levando você até sua humana?*

— *Porque Tlacey não quer Tapan, ela quer a mim* — respondi.

TED ficou em silêncio enquanto passávamos pelas pistas dos transportes particulares, seguindo na direção do setor maior e mais caro, nos fundos. Por fim, ele disse:

— *Recupere sua humana e faça Tlacey se arrepender disso.*

Paramos em frente à escotilha de um transporte. Ninguém estava do lado de fora, e a maior parte da atividade estava concentrada do outro lado das docas. O robô-sexy se virou para me encarar.

Ele abriu a mão, e eu reconheci o pequeno objeto ali. Era um módulo de combate crítico.

— Não vão deixar que você suba a bordo a não ser que me permita instalar isso — disse o robô.

No meu feed, TED disse:

— *Ah.*

Eles nos queriam no transporte para que pudessem se desfazer dos corpos. Ou do corpo de Tapan. Era óbvio que eles queriam ficar com meu corpo, pelo menos.

Um módulo de combate crítico contém um código que assume o controle do meu sistema, anulando meu módulo regulador e os protocolos da empresa, o que então me coloca sob controle verbal ou via feed de uma pessoa indicada pelo módulo. Foi assim que GrayCris assumira o controle das UniSegs de DeltFall e tentara me controlar também.

— Se eu aceitar, eles vão soltar minha cliente? — perguntei.

— *Você sabe que não* — sussurrou o robô-sexy no feed. Mas, em voz alta, disse: — Sim.

Eu me virei e deixei que inserisse o módulo na minha entrada de dados. (A entrada de dados que TED desconectara quando alterou minhas configurações. Com meu módulo regulador desativado, aquele era o único jeito de exercerem controle sobre mim, então desabilitá-la tinha sido uma prioridade.)

O módulo encaixou na entrada e tive um momento de pânico totalmente irracional. TED deve ter identificado a sensação, porque logo disse no feed:

— *Até parece que meu SysMed cometeria algum erro.*

Nada aconteceu, e vi pela câmera de segurança que estava sob meu controle que consegui esconder o alívio na minha expressão.

O robô-sexy manteve uma expressão padrão neutra de Unidades, e eu o segui quando entrou no transporte. Um humano estava parado ao lado da escotilha, armado, o olhar desviando nervoso entre o robô-sexy e eu.

— O robô está sob controle? — questionou ele.

— Está — disse o robô-sexy.

O humano deu um passo para trás e sua mandíbula se mexeu enquanto falava no próprio feed. Eu não podia hackear nada sem que o robô-sexy soubesse, então esperei. Mantive a expressão vazia. Eu não tinha como saber o que o módulo de combate crítico deveria me obrigar a fazer, mas estava presumindo que me colocaria sob o controle de Tlacey. Eu suspeitava que os humanos e o robô-sexy não sabiam ao certo qual seria o efeito visível disso.

Assim que passamos pela escotilha, ela se fechou e um aviso de zarpar percorreu o feed, terminando com um alerta sonoro do sistema de comunicações. Tlacey deve ter subornado alguém para receber uma liberação imediata, porque ouvi um estalo quando as travas se soltaram e o transporte ergueu-se da pista.

— *Estou acompanhando você no meu radar* — disse TED.

O humano me guiou pelo transporte. Era um modelo grande, e no corredor de acesso passamos por cabines e pela seção de maquinário antes de terminar em um compartimento grande. Havia bancos estofados ladeando as paredes e assentos gravitacionais na frente, perto da escotilha que deveria levar à parte dianteira da nave. Seis humanos desconhecidos estavam na sala, uma tripulação de quatro pessoas armadas e duas desarmadas. Um dos humanos armados segurava Tapan pelo ombro, pressionando uma arma de projéteis contra a cabeça dela.

Tlacey se ergueu de uma cadeira e me observou com um sorriso.

— Leve a pequena Tapan para a cabine — ordenou ela. — Vou querer conversar mais sobre o trabalho dela depois.

Os olhos de Tapan estavam arregalados e assustados. Mantive minha expressão neutra.

— Eden, eu sinto muito! — disse ela. — Me descul...

Porém o guarda a puxou por outra escotilha e desapareceu por um corredor. Eu não reagi, já que queria que ela ficasse longe da linha de fogo. Escutei com cuidado até ouvir a escotilha fechar, e então voltei o foco para Tlacey.

Ela veio na minha direção, parecendo pensativa. Acho que o sorriso triunfante estivera reservado para Tapan. Os dois outros humanos desarmados observavam com uma curiosidade cheia de nervosismo, e os guardas armados pareciam cautelosos. Para o robô-sexy, Tlacey disse:

— Você acha mesmo que essa é uma das unidades do acidente na Fossa Ganaka?

O robô-sexy começou a responder, e eu interrompi:

— Mas todos nós sabemos que não foi um acidente, não é?

Agora eu tinha a atenção de todos.

Mantive o olhar fixo à minha frente, como uma boa UniSeg que ainda estava sob o controle do módulo de combate crítico. Tlacey me encarou e então estreitou os olhos.

— Com quem estou falando?

Isso era quase engraçado.

— Você acha que sou uma marionete? Você sabe muito bem que não é assim que funciona.

Tlacey estava começando a se assustar.

— Quem mandou você?

Abaixei a cabeça e encontrei o olhar dela.

— Vim buscar minha cliente.

A mandíbula de Tlacey se moveu quando ela enviou um comando pelo feed, e o robô-sexy começou a se mexer para assumir uma posição de combate.

TED disse:

— *O transporte saiu do porto e está entrando em órbita ao redor da lua. Você tem um instante para me deixar entrar?*

— *Seja rápido* — respondi e deixei TED entrar. Fiquei com aquela sensação outra vez, como se minha cabeça fosse enfiada embaixo d'água, temporariamente incapacitado enquanto TED me usava como ponte para chegar ao bot que controlava o transporte.

Foi algo rápido, mas o robô-sexy teve tempo de dar um soco no meu queixo. Tlacey deve ter ordenado isso; não era a forma como uma unidade atacaria outra. Doeu, mas só daquele jeito que me deixava irritado. Quando não reagi de imediato, Tlacey relaxou e abriu um sorrisinho.

— Eu gosto de um robô desbocado. Isso vai ser interessante...

TED estava nos sistemas do transporte, e eu estava livre. Peguei o braço do robô-sexy e o arremessei pelo cômodo na direção dos três guardas armados. Um deles foi derrubado, outro cambaleou e caiu na cadeira, e o terceiro começou a levantar a arma. Empurrei Tlacey para fora do meu caminho e pisei no robô-sexy quando passei por cima dele, chutando-o de volta ao chão. Agarrei o cano da arma de energia e a virei para cima no instante em que o humano atirou. O disparou acertou o teto encurvado. Arranquei a arma do punho dele, deslocando o ombro e ao menos três dedos, e então bati a cabeça dele com força contra o painel.

O guarda que já tinha caído no chão tinha uma arma de projéteis, e eu senti dois impactos, um na lateral do corpo e outro na coxa. Esse é o tipo de ataque que dói de verdade. Estiquei o braço direito e disparei minha arma de energia embutida, acertando-o duas vezes no peito. Dei um passo para o lado para evitar os disparos do guarda que caíra na cadeira, e meu terceiro tiro o acertou no ombro. Eu tinha configurado meus disparos para serem concentrados, o que feria os humanos com queimaduras profundas que, na maioria das vezes, os incapacitavam rapidamente pelo choque e pela dor e, sabe, por terem buracos na cavidade peitoral.

Eu me virei e joguei a pistola que arrancara do humano como distração. A primeira humana desarmada estava no deque, com uma ferida que fumegava nas costas; o guarda errara o tiro e a acertara em vez de mim. A segunda se jogou do outro lado do compartimento para tentar pegar uma arma de projéteis caída, então eu atirei nela no ombro e na perna.

O robô-sexy se levantou do chão e correu na minha direção para me derrubar. Eu o segurei, caí de costas e então o atirei por cima da minha cabeça. Eu me virei e fiquei de joelhos, mas não consegui me levantar direito devido ao ferimento na coxa direita. O robô-sexy ficou em pé e eu agarrei sua perna, deslocando seu joelho. Ele caiu e então rompi sua articulação do ombro esquerdo. Derrubando-o no chão, eu me virei e vi Tlacey tentando alcançar uma das armas caídas.

— Se tocar nessa arma, vou arrancar ela da sua mão e enfiar nas suas costelas — afirmei.

Ela congelou. Estava ofegando de medo, os olhos arregalados.

— Diga ao seu robô-sexy para parar de lutar — ordenei.

Ele ainda estava se esforçando para levantar, e só ia acabar se machucando ainda mais. Especialmente se me deixasse com raiva de novo.

Tlacey se endireitou devagar, a mandíbula mexendo, e o robô-sexy relaxou.

— *TED, corte o feed de Tlacey* — pedi.

— *Feito* — disse TED.

Tlacey estremeceu quando o feed dela foi cortado.

— Dê ao robô-sexy um comando verbal para me obedecer até receber novas ordens — disse para Tlacey. — Se tentar dar outro comando, vou arrancar sua língua.

Tlacey bufou e então falou:

— Unidade, obedeça à UniSeg rebelde maluca até receber outras ordens. — Para mim, ela acrescentou: — Você precisa arrumar ameaças melhores.

Apoiei a mão em um dos assentos mais próximos e me coloquei em pé.

— Eu não faço ameaças. Eu só aviso o que vou fazer.

Ela travou a mandíbula. Dois dos humanos na sala pararam de respirar, a mulher desarmada que um dos guardas acertara quando estava tentando mirar em mim, e o primeiro em que eu atirara. Tlacey não tinha notado.

Olhei para o robô-sexy, que ergueu o olhar para me encarar.

— Fique onde está — ordenei.

Ele enviou um reconhecimento em resposta. Passei por cima dele, agarrei o braço de Tlacey e a arrastei pelo corredor até a cabine onde seu guarda levara Tapan.

— Você é um agente livre, certo? — perguntou ela, rapidamente. — Posso te dar um trabalho. O que você quiser...

Eu pensei, *Você não tem nada que eu quero*. Em voz alta, falei:

— Tudo que você precisava fazer era entregar a merda dos arquivos e aí nenhum de nós estaria nessa situação.

O olhar que ela me lançou era perplexo, incrédulo. Imagino que eu não soava como a ideia que ela tinha de uma UniSeg, seja rebelde ou não.

Os humanos deveriam mesmo pesquisar mais. Havia manuais de instrução que a teriam ensinado a não mexer com um de nós.

Tlacey parou perto da escotilha fechada e disse:

— Bassom, sou eu. — Então, ela apertou o botão, e a porta se abriu deslizando.

Tapan estava jogada em uma das camas na parede dos fundos, o sangue se esparramando pela estampa florida da camiseta, e respingos manchando a pele marrom do braço que pressionava contra a ferida na lateral do corpo. Sua respiração entrecortada soava alto demais na pequena cabine. O guarda-costas nos encarou, de olhos arregalados.

— Ele entrou em pânico quando ouviu os tiros — ofegou Tlacey. — Você não pode...

Ah, mas eu podia, sim.

Virei Tlacey para ser meu escudo enquanto o guarda-costas erguia sua arma. Diversos tiros acertaram as costas dela, mas eu já esmagara sua traqueia. Levei outro projétil no peito enquanto atravessava a cabine, joguei o guarda contra a parede, enfiei o braço embaixo do queixo dele e apertei o gatilho da minha arma de energia.

Dei um passo para trás e deixei o corpo dele cair.

Dei as costas para o cadáver e me inclinei sobre Tapan. Estupidamente, eu disse:

— Sou eu.

Os olhos dela estavam fechados, e ela respirava entredentes. Coloquei a mão sobre o ferimento para estancar o sangue e disse pelo feed:

— *TED, preciso de ajuda.*

— *Guiei o transporte na direção do aro de trânsito, onde posso atracá-lo em mim. Tempo estimado de dezessete minutos. O SysMed está sendo preparado para sua chegada.*

Eu me sentei ao lado de Tapan. Ela só estava consciente o bastante para esticar a mão e apertar a minha. Arranquei o módulo de combate crítico inútil da minha nuca e o atirei longe.

Eu cometera um erro enorme, que parecia absurdamente óbvio pensando bem. Sabia que o convite de trocar o bônus do contrato pelos arquivos era uma armadilha desde o começo, e devia ter convencido o trio a não voltar para RaviHyral. O consultor de segurança humano modificado que eu estava fingindo ser teria feito isso. Eu estava acostumado a aceitar ordens de humanos e tentar mitigar seja lá quais danos suas ideias idiotas causassem, mas eu queria trabalhar com um grupo outra vez. Eu gostava da forma como escutavam o que eu tinha a dizer. Eu colocara minha necessidade de ir até RaviHyral acima da segurança de meus clientes.

Eu era tão ruim em ser um consultor de segurança como qualquer humano.

# 9

QUANDO NÓS ESTÁVAMOS FINALMENTE NOS aproximando do aro de trânsito, TED já tinha conseguido uma autorização para nós com a Autoridade Portuária. Em teoria, não era permitido atracar em outros transportes sem aviso prévio, mas TED cuidou da autorização de aproximação e forjou a assinatura do feed de seu próprio capitão para pagar a multa por não ter avisado sobre uma viagem marcada. Eles não suspeitaram de nada; ninguém sabia que transportes poderiam ter bots sofisticados o suficiente para fingir ser um humano no feed. Eu com certeza não sabia.

As travas não eram compatíveis, mas TED resolveu esse problema ao atracar o transporte dentro de um módulo vazio que deveria servir de espaço para laboratório. Ele fez o pouso, encheu o módulo de atmosfera e então abriu a escotilha. Eu me levantei, carreguei Tapan nos braços e subi pelo acesso até o setor principal. A UniConforto me seguiu.

O SysMed estava pronto quando finalmente cheguei e deitei Tapan na plataforma. Os drones zumbiam ao meu redor e recebi a instrução do SysMed de retirar os sapatos e as roupas dela. Enquanto a cápsula se fechava ao seu redor, me afundei ao lado da plataforma.

Ela estava inconsciente, e o SysMed a manteria assim até terminar a avaliação e começar seu trabalho. Dois drones médicos voaram ao meu redor, um se jogando na direção do meu ombro e o outro cutucando a ferida na minha coxa. Eu os ignorei.

Um drone maior veio voando, carregando a bolsa de Tapan, a jaqueta ensanguentada e minha mochila. TED me mostrou o vídeo dos outros drones que ainda estavam dentro do transporte. Quatro dos humanos ainda estavam vivos, embora inconscientes. TED enviara os drones para esfregar e esterilizar todos os meus fluidos e o sangue de Tapan no interior do transporte. Ele já apagara a memória do bot piloto e deletara quaisquer dados de segurança.

Também estava conversando de maneira casual com a autoridade de decolagem do aro de trânsito com um feed cuja assinatura replicava a de um dos humanos mortos.

Fiquei observando enquanto os drones terminavam o trabalho e recuavam, e então TED selou o transporte outra vez e o despachou com um plano de voo de volta para RaviHyral. O bot piloto interno iria atracá-lo, cheio de humanos terrivelmente feridos, e ninguém saberia que não tinham feito aquilo uns com os outros até estarem todos conscientes e capazes de contar suas histórias. Só que talvez eles não quisessem contar a história de como ajudaram a sequestrar outro humano. Seja lá o que acontecesse, aquilo nos daria tempo de sair logo dali.

— *Como você pensou nisso tudo?* — perguntei a TED, embora já soubesse a resposta.

TED sabia que eu sabia, mas mesmo assim respondeu:

— *O episódio 179 de* Ascensão e queda do Santuário Lunar.

A UniConforto se ajoelhou ao meu lado.

— Posso ajudar?

— Não.

Os drones médicos estavam agarrados em mim agora, procurando pelos projéteis, e eu estava vazando no chão impecável do SysMed de TED. O anestésico estava me deixando entorpecido.

— Como você sabia que eu era uma das unidades da Fossa Ganaka? — perguntei para a UniConforto.

— Eu vi você sair do acesso ao tubo naquele setor. Não tem mais nada lá embaixo. Não está mais nos registros históricos da base de dados, mas os humanos ainda contam histórias de terror sobre o que aconteceu. Se você fosse mesmo rebelde e não estivesse indo lá sob ordens, então existia uma chance de 86% de que você teria ido até lá porque era uma das unidades envolvidas.

Eu acreditei naquela resposta, por isso disse:

— Abaixe sua proteção.

Ele fez isso, e vasculhei o feed até encontrar seu cérebro. Conseguia sentir TED ali comigo, em estado de alerta para identificar armadilhas. Porém achei o módulo regulador, o desativei e voltei outra vez para meu próprio corpo.

A UniConforto caíra para trás, se sentando no chão com um baque, me encarando.

— Vá embora. Não deixe que eu te veja de novo. Não machuque ninguém nesse aro de trânsito ou eu vou atrás de você — disse a ela.

O robô ficou em pé, ainda que cambaleante. Outros drones de TED zumbiram pelo ar, certificando-se de que o robô-sexy não tentaria danificar nada, guiando-o até a porta. Ele seguiu os drones até o corredor. Através do feed de TED, eu o observei passar pela escotilha principal, onde a trava se abriu, e então saiu para o aro de trânsito.

TED o observou se afastar através da câmera da trava e depois disse:

— *Achei que talvez você fosse destrui-lo.*

Eu estava cansado e entorpecido demais para falar, então sinalizei uma negativa pelo feed. O robô não tivera escolha. E eu não tinha desativado o módulo regulador para ajudá-lo. Fiz em nome das quatro UniConfortos que estavam na Fossa Ganaka, que não receberam ordens ou diretrizes para agir e, ainda assim, voluntariamente enfrentaram um massacre para tentar me salvar e todo mundo que estivesse vivo na instalação.

— *Agora suba na outra plataforma. O transporte vai atracar logo, e ainda precisamos destruir muitas evidências* — disse TED.

Quando Tapan acordou, eu estava sentado na plataforma do SysMed segurando a mão dela. O SysMed consertara minhas feridas, e eu limpara todo o sangue. Os projéteis que me acertaram e os disparos das minhas próprias armas de energia deixaram buracos nas minhas roupas, e TED arrumara roupas novas para mim da reciclagem. Era basicamente o uniforme da tripulação dele, mas sem logos: calças com diversos bolsos com fechos, uma camisa de manga comprida com uma gola alta o suficiente para esconder minha entrada de dados e uma jaqueta com um capuz macio; tudo azul-escuro ou preto. Enfiei minhas roupas ensanguentadas no compartimento da reciclagem para que os níveis de recuperação de resíduos permanecessem neutros e TED não precisasse forjar seu registro.

Tapan piscou, confusa.

— Hum — murmurou ela, apertando minha mão. Os remédios a deixaram com uma expressão atordoada. — O que aconteceu?

— Tentaram nos matar de novo. Precisamos ir embora. Estamos de volta no aro de trânsito, na nave do meu amigo — respondi.

Tapan arregalou os olhos, lembrando-se do que acontecera. Ela estremeceu e disse baixinho:

— Filhos da puta.

— Seu amigo estava dizendo a verdade, ele me deu os arquivos. — Ergui o cartão de memória e mostrei a ela que o estava colocando no bolso para interfaces de sua mochila. Eu já verificara os arquivos procurando por rastreadores ou malware. — Essa nave precisa partir em breve. Preciso que ligue para Rami e Maro para virem nos encontrar do lado de fora da zona de embarque.

— Tudo bem. — Ela tateou a orelha, e eu entreguei para ela a interface de feed azul. Um dos drones de TED encontrara o aparelho no bolso de Tlacey. Tapan aceitou, encaixando-o no ouvido de novo, e hesitou. — Todo mundo vai ficar tão bravo comigo.

— Sim. — Pensei que talvez ficassem tão aliviados por encontrá-la viva que não se lembrariam de ficar com raiva.

Ela estremeceu de novo.

— Desculpa. Eu devia ter seguido seu conselho.

— Não foi sua culpa.

Ela enrugou a testa.

— Meio que foi, sim.

— Foi minha culpa.

— Então foi culpa de nós dois, mas não vamos contar para ninguém — decidiu Tapan e então remexeu a interface no ouvido.

Andei apressado pelas áreas da nave que eu usara, para me certificar de que nada estava fora do lugar. Os drones de TED já tinham passado por ali, pegando as roupas ensanguentadas de Tapan para serem lavadas e esterilizando superfícies para que qualquer tentativa de coletar evidências vestigiais fosse em vão. Não que TED tivesse intenção de ficar por ali quando a investigação começasse. Estávamos todos partindo imediatamente, mas TED acreditava em planos de contingência. Comecei a retirar a interface de comunicação que TED me dera.

— Você precisa limpar isso também.

— *Não* — disse TED. — *Fique com o aparelho. Talvez nós possamos nos conectar de novo no futuro.*

O SysMed já tinha se esterilizado e deletado os registros de minha mudança de configuração e dos tratamentos emergenciais meus e de Tapan. Eu a estava esperando sair da cabine de banho. Os drones a seguiram para limpar qualquer traço de sua presença e, quando saiu, ela disse:

— Estou pronta.

Ela já guardara as roupas velhas na mochila e estava usando roupas limpas. Ainda parecia um pouco atordoada.

Saímos da nave juntos, e a tranca se fechou. Eu estava de olho nas câmeras da zona de embarque, e TED já estava alterando as gravações de segurança de sua escotilha para apagar nossa presença.

Nós nos encontramos com Rami, Maro e o restante do grupo em uma barraca de comida do lado de fora da zona de embarque. Rami me mandara uma mensagem avisando que já tinham comprado passagem em um veículo comercial que partiria em menos de uma hora. O grupo cumprimentou Tapan de forma entusiasmada, com lágrimas e avisos para não a apertar com força demais.

Eu já dissera para eles não comentarem nada em público. Rami se virou e me entregou um cartão monetário.

— Seu amigo Ted disse que essa seria uma boa forma de pagar você.

— Certo. — Eu aceitei o cartão e o guardei em um bolso que fechava.

Estavam todos me observando agora, e aquilo me dava nos nervos.

— Então, você está indo embora? — perguntou Rami.

Eu tinha encontrado um transporte de carga que ia na direção certa. Com sorte, iria embora poucos minutos depois que o grupo partisse.

— Sim, preciso me apressar.

— Podemos abraçar você? — Maro soltou Tapan e se virou para me encarar.

— Hum. — Eu não me afastei, mas deve ter ficado óbvio no meu rosto que a resposta era não.

Maro assentiu.

— Tudo bem. Isso é para você. — Ela passou os braços ao redor de si mesma e se apertou.

— Eu preciso ir — falei e me afastei, seguindo pela área comercial.

Com a conexão já fraca, e saindo da pista, TED disse no meu feed:

— *Tome cuidado. Encontre sua tripulação.*

Respondi com um reconhecimento no feed, porque, se eu tentasse falar alguma coisa, acabaria soando idiota e sentimental.

Eu não sabia o que iria fazer agora, se seguiria com meu plano ou não. Achei que saber o que tinha acontecido na Fossa Ganaka fosse esclarecer tudo, mas talvez revelações desse tipo só acontecessem nas mídias.

Falando nisso, precisava fazer uns downloads antes que meu próximo transporte partisse. Seria uma longa viagem.

TIPOGRAFIA: Rufina - texto
Uni Sans - entretítulos
PAPEL: Ivory Slim 65 g/m² - miolo
Cartão Supremo 250 g/m² - capa

IMPRESSÃO: Rettec Artes Gráficas e Editora
Abril/2025